ŒUVRES
COMPLETTES
EN VERS,
ET
EN PROSE.

Par M. D O R A T , *ci-devant Mousquetaire.*

Recueillies & retouchées par lui-même.

NOUVELLE ÉDITION AUGMÉNTÉE.

TROISIEME PARTIE.

A PARIS,

Chez *Sebastien Jorry* , rue & vis-à-vis
la Comédie Françoise , au Grand Monarque
& aux Cicognes.

M. DCC. LXIX.
Avec Approbation & Privilege du Roi.

LA

DÉCLAMATION

THÉÂTRALE,

POEME DIDACTIQUE

EN QUATRE CHANTS,

PRÉCÉDÉ D'UN DISCOURS

ET DES NOTIONS HISTORIQUES

SUR LA DANSE.

A,

DISCOURS

PRÉLIMINAIRE.

DE tous les Arts d'agrément, la Déclamation, est sans contredit, un des plus brillants, un des plus faits pour séduire & procurer à la Société des plaisirs nobles & d'utiles délassemens. Toutes les nuances des passions, toutes les délicatesses de l'esprit, & , si l'on peut le dire , toutes les fibres du cœur humain sont assujetties à cet Art enchanteur que les hommes de goût adorent , & qu'estiment les Philosophes. Inséparable des Lettres & des Sciences, il a contribué, comme elles, à consacrer le repos de ces Nations prédominantes, qui se sont disputé, tour-à-tour , le droit d'éclairer la terre, après l'avoir ravagée. La Déclamation, chez elles, faifoit partie de l'éducation ; elle étoit comptée parmi ces exercices, néceffaires pour développer les graces du corps, affurer la contenance, fixer le maintien, & mettre en jour les dons de la Nature. En effet, ce feroit mal définir un Art auffi étendu, que de le borner à la fimple récitation théatrale. Le gefte, l'action, la marche, l'expreffion du vifage, l'éloquence muette des mouvemens, tout l'extérieur en dépend, & lui doit cet accord majeftueux qui donne la vie à la parole, & perfectionne les effets.

Il eut, ainfi que les autres Arts, fon enfance, fes progrès, fes variations, & parut fous autant de formes, qu'il y a de différences dans le caractere des Peuples qui l'ont cultivé. Il eft probable, & même prouvé par tous les témoignages des Anciens que leur Déclamation étoit notée , & qu'ils l'accompagnoient d'un Inftrument. On faifoit la Mufique d'une Tragédie , à-peu-près comme on fait aujourd'hui celle d'un Opéra. Peut-on fouffrir , dit Lucien , qu'Hercule , la maffue à la main , couvert d'une peau de Lion , & l'air formidable , vienne fur un Théatre frédonner le récit de fes travaux ? Cet ufage , il eft vrai , femble bien abfurde , au premier coup d'œil ; mais il ceffe de l'être autant , lorfqu'on veut réfléchir à la Profodie des Langues Grecque & Latine. La prononciation naturelle étant déjà mefurée , harmonieufe , & prefque muficale , le chant de la Déclamation n'avoit plus rien d'extraordinaire , & devenoit même indifpenfable. Lucien , qui fe mocque de tout , & fe déclare , fans reftriction , contre l'emphafe des Acteurs de fon temps , n'a pas manqué de tourner en ridicule leur maniere de s'habiller. Ils se guindoient sur une espece de chaussure appellée Cothurne : non contens de ce piedestal, ils se grossissoient par le milieu du corps, afin que leur circonférence fût proportionnée à leur élévation ; de sorte que Philoctéte, Agamemnon ne se montroient aux yeux des Spectateurs que bien matelassés, bien rembourés, & avec une taille gigantesque. Tout cela paroît monstrueux, & le seroit effectivement parmi nous qui sommes emprisonnés dans nos salles de Spectacles, & presque confondus avec les Acteurs ; mais, comment, dans la poussiere de ces granges mal décorées, pouvons-nous rapprocher l'Optique des immenses Théatres de la Grece & de Rome? Sans les précautions que l'on prenoit alors, tous les grands Personnages qui figuroient dans les

Drames, n'auroient eu l'air que de Pigmées ; la vraisemblance étoit manquée, l'illusion détruite. Cette exagération prétendue, savamment combinée avec les effets de la perspective, rentroit dans l'ordre de la Nature, & ne pouvoit déplaire qu'à un esprit cynique & mordant qui, n'épargnant pas les Dieux mêmes, ne se faisoit aucun scrupule de s'égayer sur des Comédiens.

Ce que je ne puis comprendre, & serois presque tenté de ne pas croire, malgré la foule des autorités qui l'appuient, c'est ce bizarre partage de la Déclamation entre l'Acteur chantant & l'Acteur gesticulant. Ce double emploi devoit distraire l'attention, diviser l'intérêt, & nuire à cet ensemble, sirecommandé dans les représentations théatrales. Comment voyoit-on, sans éclater de rire, un Per-

fonnage débitant de fens froid &
les bras croifés des vers brûlans,
où fe peignoient tour-à-tour l'ambition, l'amour, la fureur, la haine ; tandis que l'autre, obligé de
fe taire, fe dédommageoit de fon
filence, par une agitation perpé-
tuelle, des mouvemens convulfifs
& des contorfions épouvantables ?
Sans doute, dans les endroits pa-
thétiques, il étoit auffi chargé des
fanglots & des larmes. Son immobile compagnon fe voyoit difpenfé
de tout, excepté de la mémoire ;
& la perfection de fon talent con-
fiftoit, apparemment, à ne s'é-
mouvoir de rien. Quelque refpect
fuperftitieux que l'on conferve à
l'Antiquité, il n'eft guere poffible
de juftifier cette ridicule méthode.
Il arrivoit fouvent que le filencieux
Faifeur de geftes s'acquittât mal
de fon rôle, & que le Chanteur
excellât dans le fien : dès-lors on
devoit huer l'un, en même temps

qu'on applaudiſſoit l'autre. Quelle majeſté pouvoit avoir un pareil ſpectacle ? & comment ſe figurer que les Romains, parce qu'un de leurs Acteurs * s'enroua à leur répéter un Morceau brillant d'un Drame, ſe ſoient aviſés de cet enfantillage, qui dégrade leur Théatre aux yeux de la Raiſon ?

L'Abbé Dubos diſcute longuement tous ces objets ; il procéde par ſections, & eſt ennuyeux par chapitres. S. Cyprien, Juſtin le Martyr, l'hérétique Tertullien, Auteurs ſacrés & profanes, il met tout à contribution pour la plus grande gloire du Théatre. Ce fatras, qui contient cent pages dans ſes volumineuſes réflexions eſt reduit à vingt par M. l'Abbé de Condillac : l'un n'eſt qu'un Savant; l'autre eſt un Philoſophe.

---

* Livius Andronicus, dans une de ſes Pieces dont on lui fit répéter pluſieurs fois quelques vers frappans.

QUOIQU'IL en ſoit, la Déclamation étoit dans la plus grande eſtime chez les deux Peuples les plus polis de l'Univers. Cet Orateur fameux qui du haut de la Tribune, en impoſoit au Vainqueur d'Athenes, & porta ſi loin les conquêtes de l'éloquence, prenoit des leçons du Comédien Andronicus. Quintilien cite ſouvent avec éloge Eſopus, célebre Acteur; & l'amitié de Cicéron pour Roſcius prouve à la fois & le talent de ce Comédien, & le cas que l'on faiſoit à Rome de l'art de déclamer. Lorſqu'on vouloit déſigner la ſupériorité de quelqu'un dans un genre, on diſoit de lui que c'étoit un Roſcius. Il paroît que cet Acteur réuniſſoit tous les ſuffrages, &, n'eut-il obtenu que celui de ſon illuſtre Panégyriſte, c'en étoit aſſez pour le recommander à la poſtérité. Mais je ne conçois pas comment il put s'aſſervir à l'uſage dont

je viens de parler, ayant ſes propres réflexions pour guides, &
Cicéron pour ami. Il eſt certain
au moins qu'il en ſentoit l'abus.
S'il en faut croire l'Orateur Ro-
main, Roſcius avoit réſolu de déclamer plus lentement, en dépit
du Chanteur & des flûtes qu'il
vouloit obliger à le ſuivre. Son
geſte ſe ralentiſſoit ſouvent, quoi-
que le chant fût rapide & la meſure précipitée. Il oublioit l'accom-
pagnement pour conſulter le ſens
du rôle, puiſoit dans l'abandon de
quelques parties une nouvelle force pour faire briller les autres,
plaçoit dans ſon action ces ombres
délicates, qui en augmentent l'intérêt, & frappoit enfin ces grands
coups de Maîtres, toujours ame-
nés par quelques ſacrifices. Dans
cet éloge ſont compriſes les prin-
cipales qualités d'un Acteur; &
Roſcius, quelles que fuſſent ſes
idées, ne pouvoit éluder entiére-

ment la tyrannie de la coutume
& le caprice de la multitude.

J'AI cru qu'un précis de l'ancienne Déclamation devoit trouver fa place à la tête de cet Ouvrage , pour ceux & celles qui ,
cultivant leur art fans le connoître , ne fe donnent point la peine
d'en approfondir l'origine , & d'en
fuivre les viciffitudes.

L'ART de déclamer , parmi
nous , fut long-temps informe &
digne des tréteaux fur lefquels il
s'exerçoit. Ce font les grands
Ecrivains qui font les grands Acteurs. Jodelle voulut rétablir la
Tragédie & la Comédie avec des
Chœurs , felon la forme des Anciens ; mais fes Ouvrages étoient
auffi pitoyables que les Hiftrions
qui en chargeoient leur mémoire ;
& fon nom n'a paffé jufqu'à nous ,
que pour fervir d'injure aux Mo-

dernes qui lui reſſemblent. Garnier ne forma point de meilleurs Comédiens ; & ceux qui penſionnoient le Poëte Hardi , pour qu'il eût à leur fournir par an ſix Tragédies complettes , donnent à croire , par l'oubli où ils ſont plongés , qu'ils avoient plus de courage pour apprendre , que de talent pour repréſenter. Il ne ſemble pas même que , du temps de Rotrou , bien ſupérieur à ces trois hommes , il ait paru aucune Troupe ſupportable , & qui mérite de nous arrêter un moment.

LE Siecle de Louis XIV fut pour l'Europe un faiſceau de lumiere , qui éclaira tous les Arts , ſe repandit ſur tous les objets , & vivifia , en quelque ſorte , la maſſe de l'eſprit humain. Le Théatre ſortit de ſon cahos. La Tragédie s'éleva au plus haut degré ſur les aîles de Corneille ; le génie fit

naître le goût, & des Acteurs
parurent. * Les deux Baron éton-
nérent par la perfection de leur
jeu : ils franchirent l'intervalle qui
fépare toujours l'enfance d'un Art,
fes progrès & fa maturité. Le feul
talent de Corneille en enfanta mille autres. C'eft ainfi qu'un grand
Homme donne l'impulfion à fon
Siecle, & influe fur ce qui l'environne, en verfant dans les ames
cette rivalité, cette émulation
créatrice qui produit dans tous
les genres les efforts & les fuccès.
Il fembloit qu'il fe fit alors une
noble confpiration de tous les talens pour former le plus beau des

* Je ne m'arrêterai, dans cette légére efquiffe,
qu'à la Déclamation Tragique, comme tenant de
plus près à l'Art en général, s'appropriant plus par-
ticuliérement le titre de Déclamation, & étant
fujette à beaucoup plus de changemens. D'ailleurs,
tout le monde fait que les trois Spectacles fe font
perfectionnés en même-temps, & ont brillé du même éclat. Le mouvement une fois donné, les progrès de l'un ont entraîné ceux de l'autre. Si j'avois
voulu m'appéfantir fur chacun d'eux, je ferois tom-
bé dans une Differtation très-longue & très-en-
nuyeufement inutile.

Siecles , fous un Monarque vraiment digne du Trône , par cet inftinct de grandeur qui alluma bientôt l'enthoufiafme des Sujets.

C'est de là que la Déclamation compte fon premier âge , & prefque fes plus beaux jours. Racine fuivit ; & Champmeflé , de fon temps , fut un préfent dont l'Amour voulut embellir la Scene. L'Auteur de Phédre, de Bérénice, d'Iphigénie , ne put réfifter à la féduction d'un organe touchant qui fecondoit fon génie , & multiplioit fes adorateurs. Il fe plaifoit à perfectionner lui-même cette Actrice charmante qui trouvoit dans fon cœur toutes les difpofitions néceffaires pour bien profiter des leçons d'un pareil Maître. Quelles leçons ! depuis fur-tout qu'elles fûrent échauffées de ce feu, que Racine favoit fi bien peindre & devoit fi bien fentir. Ils fe cou-

ronnoient du même laurier , &
avoient établi entr'eux une douce
communauté de gloire & de talens qui intéreſſoit le Public , &
ſembloit aſſurer ſes plaiſirs.

APRÉS cette agréable époque,
la Déclamation commença à dégénérer & à perdre de ſon premier luſtre. Le François eſt trop
brillant dans ſes goûts pour n'être
pas volage ; il ſe refroîdit bientôt ſur cette noble ſimplicité qui
avoit fait ſes délices ; on chercha
d'autres moyens, d'autres combi-
naiſons , & l'Art fut altéré par
les efforts que l'on tenta pour
l'enrichir.

BEAUBOURG , gâté par les ap-
plaudiſſemens, s'abandonnoit à une
fougue monotone qui éblouit d'a-
bord , & dut plaire à des Spectateurs , dont le goût émouſſé demandoit qu'on le reveillât à quel-

ue prix que ce fût, & qu'on
l'arrachât par de fortes fecouffes
à l'ennui & aux langueurs de l'habitude. Cet Acteur, d'après les
notions que j'en ai pu recueillir,
jouoit tout du même ton, &
avec le même emportement; nulle
tranfition, nul repos, nulle intelligence des contraftes : fon jeu
étoit tout d'une piece, & n'eft
échappé au mépris que par une
chaleur défordonnée, qui mêloit
confufément quelques beautés à
d'horribles défauts.

Mᶫᶫᵉ· DUCLOS , de fon côté ,
introduifoit dans la Déclamation
une efpece de Mufique & de
Chant, qui en faifoit un langage
à part, & en détruifoit tout le
charme. Elle déclamoit par octa-
ve, & l'on auroit pu noter fes
inflexions. On voulut bien attri-
buer à fon génie une nouveauté
qu'on ne devoit qu'à fon organe;

& le troupeau des Admirateurs la plaça bientôt fur le trône de Melpomene. Elle eut pourtant des avantages réels qui lui font pardonner fes fuccès. Ses larmes étoient belles , fa douleur touchante , fa figure vraiment tragique : elle pleuroit à tort & à travers ; mais enfin elle pleuroit, & c'en étoit affez pour émouvoir le Spectateur , qui excufe tout , en faveur de l'ame , premiere & rare qualité , fans laquelle toutes les autres n'obtiennent que des fuccès paffagers.

TEL étoit l'état de notre Déclamation , lorfqu'une Actrice inimitable vint lui rendre fes premiers traits , & la ramener à la pureté de fon origine. Les Lettres furent à la fois éclairées par deux phénomenes , le Couvreur & M. de Voltaire. Quels beaux jours cette double Aurore promettoit à la Nation !

Elle ne fut pas trompée dans ses espérances. Les Ouvrages de l'un trouverent toujours dans l'autre une interprete intelligente & digne du génie brillant qui l'associoit à l'éclat de ses travaux. Elle avoit l'organe voilé, mais intéressant, la taille peu avantageuse, mais noble & facile, sur-tout une de ces physionomies, qui parlent à l'ame & s'embellissent par l'expression du sentiment. Jamais de si beaux yeux ne s'ouvrirent pour réprendre des pleurs. La Muse Tragique y respiroit toute entiere. On retrouvoit dans son jeu la sagesse de Baron & la chaleur de Mlle Duclos. C'étoit le comble de l'Art; c'étoit plutôt le chef-d'œuvre de la Nature. L'Auteur d'Alzire & de la Henriade fut toujours son admirateur & son ami; &, lorsqu'il lui eut fermé les yeux, il jetta des fleurs sur sa tombe, lui paya le tribut de ses larmes, & la vengea, autant qu'il fut en lui, de

l'outrage de la Nation & des fureurs du préjugé. Pour moi, lorfque mes regards fe repofent quelque temps fur les traits de Mlle. l-
Couvreur que nous a tranfmis l-
pinceau de M. Coypel, dans l'attitude de Cornélie tenant l'urne d-
Pompée ; je ne puis me défendr-
de l'attendriffement involontaire ,
que fait naître en moi l'image d'un
grand talent qui n'eft plus, & d'une
indignation fecrette, trop bien juf-
tifiée par notre ingratitude.

C'est à cette illuftre Actrice
qu'eft dû l'honneur d'avoir enfin
fixé le vrai genre de la Déclamation, & determiné le goût du Public jufqu'alors flottant, inquiet &
amoureux des Nouveautés. Dufrefne, Mlles. de Seine & Balicourt
marcherent fur des traces encore
récentes, & furent dignes de leur
modele. Le Théatre, depuis, a
toujours été rempli par des Sujets

diſtingués dans des genres différens, & ne laiſſe le droit de ſe plaindre qu'à ces hommes difficiles, Cenſeurs éternels du préſent, & qui ne louent que ce qu'ils ont perdu.

Si l'art de déclamer aujourd'hui paroît un peu s'éloigner des vrais moyens & négliger les grands effets, en récompenſe il a beaucoup acquis du côté du raiſonnement. Cet eſprit philoſophique, qui, comme une ſéve nouvelle, a circulé dans toutes les branches de la Littérature, eſt venu ſoumettre à ſa juſteſſe le délire brûlant de l'ancienne Déclamation. Plus ingénieuſe & moins libre, moins vigoureuſe & plus parée, elle meſure la carriere où elle s'élançoit autrefois : elle nous rend en graces les tranſports que nous regrettons, & nous offre des tableaux d'un deſſein plus correct, d'un coloris plus ſage, ſi l'on peut le dire, & d'une ordonnance plus réfléchie. M. le Kain, & Mlle. Dumefnil font les feuls qui connoiffent encore ces écarts, cette fougue impétueufe & cet involontaire oubli de foi-même qui enleve au Spectateur le temps de l'examen, & au Critique le froid compas de l'analyfe. Plufieurs de nos Acteurs fe félicitent d'avoir introduit dans leur jeu ce qu'ils appellent des tons de vérité. Ces fortes de tons, tout-à-fait difparates avec ceux qui précédent & qui fuivent, m'ont quelquefois paru trop brufques, trop faillans, & tombent prefque toujours dans ce familier qu'il faut éviter avec autant de foin que l'emphafe & le gigantefque. D'ailleurs, ces paffages une fois faifis, dégénérent en refreins monotones, que le Public attend & que l'Acteur ne manque jamais; ce qui prouve qu'ils font les fruits de la combinaifon, &

ne

ne partent point de l'ame, unique
fource de ces tons de vérité,
de ces éclairs du moment, que
fouvent on ne retrouve plus, &
qu'il ne faut jamais chercher.

UN autre inconvénient de nos
repréfentations théatrales, c'eft le
défaut d'enfemble & d'unité. Un
Perfonnage qui mettra dans fon
débit de la légéreté & même de
la précipitation, rencontre un In-
terlocuteur, dont l'organe lourd,
traînant & pareffeux, pefe fur
chaque fyllabe, & retarde la célérité du Dialogue. Ces différens
fyftêmes deviennent choquans &
pénibles pour les Spectateurs. Je
ne prétends pas fondre toutes les
manieres en une, commander aux
organes, & nous priver de cette
variété heureufe que la Nature a
mife dans les talens : mais je voudrois [& cela, je crois, n'eft pas
impoffible,] je voudrois, dis-je,

Partie III. B

qu'on admît une efpece de ton fon-
damental, par lequel on pût ré-
gler, pour ainfi-dire, tout le mouvement de la repréfentation, &
remédier à cette bigarrure in-
fupportable, qui fe reproduit de
Scene en Scene ; & fe fait trop
fentir aux oreilles délicates, pour
ne pas être un véritable défaut.

A cela près, notre déclamation
a confervé des traits précieux,
que les connoiffeurs ne laiffent
point échapper. Le coftume, quoi-
que loin encore de la perfection,
n'eft plus auffi négligé qu'il l'é-
toit. Une Sarmate ne vient plus
fur la Scene faire l'amour en grand
panier. Tous les Héros de Rome
ne paroiffent plus en gants blancs,
& avec des coëffures à la Françoi-
fe. Mademoifelle Clairon eft la
premiere, qui ait fenti le ridicule
de ces mafcarades tragiques ; éclairée fur l'abus, elle a tout fait pour

le détruire. Cette Actrice a sçu joindre à son talent cette Philosophie qui en étend la sphere, lui ouvre des sources nouvelles, & soumet à la réflexion ce qui n'est bien souvent que l'effet du méchanisme. Ornement de la Scene Françoise, elle en est aussi la bienfaitrice, & mérite cet éloge que l'on doit à tous ceux qui ont le courage d'instruire ou d'amuser une Nation, trop sujette à briser, en un jour, l'Idole de vingt années.

Mlle. CLAIRON a certainement ennobli son Art, autant qu'il lui a été possible, chez un Peuple qui, en accordant la gloire, défend de prétendre à l'honneur, & flétrit, par habitude, cette portion utile de Citoyens, ausquels il semble avoir confié la garde de ses chefs-d'œuvres & le dépôt de ses plaisirs. C'est depuis elle, que le goût de la Déclamation s'est

universellement répandu & devient
l'amusement de nos plus brillantes
Sociétés. Elles ont, presque toutes, leur Théatre & leurs Acteurs,
nos femmes ont quitté leurs navet-
tes & leurs tambours, pour feuil-
leter de jolis Rôles ; & nos jeunes
gens, copistes fidéles de ces Dames, sont moins bons Cochers,
mais bien meilleurs Comédiens.

Au reste, de tout ce qu'un monde frivole invente, depuis quelque
temps, pour diversifier son ennui
& son oisiveté pénible, cette fan-
taisie est celle où l'ame & l'esprit
trouvent le mieux leur compte. Ce
sont, au moins, quelques idées
qui entrent dans des têtes, où
rien n'entroit auparavant. Dans la
foule des Amateurs, il s'en trouve de très-bons, & qui ont, par-
dessus les Comédiens de profession,
cette aisance, cette liberté, & cette longue habitude de prendre dans

les cercles où ils vivent, toutes
fortes de mafques différens. Un autre avantage de ce goût moderne,
c'eft la rivalité nouvelle qu'il éta-
blit parmi les femmes : de là mille
jaloufies, l'acharnement d'une troupe contre une autre, de petites hai-
nes délicieufes qui animent les fou-
pers, les toilettes, charment le
défœuvrement, rempliffent les in-
termédiaires de la galanterie, &
rendent le commerce plus piquant,
plus doux, plus enchanteur que
jamais.

J'AI cru cet inftant favorable,
pour recueillir mes idées fur l'art
dont il s'agit, les réduire en corps
de préceptes, & y joindre le preftige de la verfification. D'ailleurs,
les Ouvrages didactiques font peu
communs parmi nous ; c'eft, pour
moi, une raifon de plus de hazarder celui-ci.

VOUDRA-T-ON me permettre
quelques réflexions sur ce genre
qui a ses richesses & ses difficultés ? Virgile, dans ses Géorgiques,
nous en a donné le premier modele : il n'a point dédaigné d'entre-
lacer quelques fleurs des champs au
laurier de l'Enéide. L'art Poëtique
d'Horace étincelle de beautés , &
respire cette négligence heureuse,
qui caractérise les Jeux du grand
Homme. Celui de Boileau, ce Législateur de la Poésie Françoise,
est plus sage, plus méthodique ,
plus travaillé, c'est le désespoir des
Versificateurs. Mais, qu'il est loin
encore , avec tous ces avantages ,
du génie brillant & facile qu'il vou-
droit imiter ! L'un instruit en se
jouant ; c'est un Philosophe aimable
qui fait badiner ensemble les Graces & la Raison ; l'autre , dès son
début, affiche la sévérité. Le Poëte latin a la gaîté d'un homme du
monde ; le François, l'humeur d'un

Ariftarque vieilli dans l'ombre du cabinet ; il vous traîne au but où l'autre vous conduit , & dégoûteroit prefque d'un Art dont il donne les meilleures leçons. Les effais de Pope fur l'homme & fur la critique ont toute la chaleur du genre. La fougue du génie Anglois s'y renferme dans les bornes du goût.

M. l'Abbé d'Olivet, mit au jour, il y a plufieurs années, une collection de petits Poëmes latins , dans le genre dont nous parlons , pleins de Poéfie & de fictions agréables : il feroit à fouhaiter qu'une plume élégante en traduifît quelques-uns, tels que *l'origine de l'aiman* , *le gefte* , *la Mufique* , *le mariage des fleurs* , *la peinture* , ce Poëme charmant de M. l'Abbé de Marfy. C'eft la Peinture elle-même qui lui a prêté la palette , où il a broyé de fi riantes couleurs : toutes les épines de l'Art difparoiffent ; & s'il ne conduit pas par degrés la main du Peintre, au moins accélere-t-il ſes progrès, en embraſant ſon imagination. Dufreſ-noy entre plus avant dans les myſ-teres de l'Art ; & M. Wattelet, après eux, en a recueilli tous les principes. L'ouvrage de ce dernier eſt profond, bien diſtribué, rem-pli de connoiſſances ; on admire à chaque pas la difficulté vaincue. Je ne connois pas de Poëme plus ſça-vant ; peut-être même l'eſt-il un peu trop : charger ainſi la Poéſie d'un attirail ſcientifique, n'eſt-ce pas enſevelir la jeune Hébé ſous l'armure de la belliqueuſe Minerve?

Tous les Sujets que je viens de citer ſont ſans doute bien choiſis : celui de la Déclamation nous man-quoit ; & le Public n'aura à ſe plain-dre que de l'exécution. La Nature commence un Acteur ; c'eſt l'étu-de qui l'acheve. L'Athlete, dit Ho-race, qui brûle pour le prix de la courfe, s'eft habitué dès fa tendre jeuneffe aux plus violens exercices; il a tout fupporté, la chaleur, le froid, & plus que tout cela, la privation de plaifirs. Le Fluteur qui joue aux fêtes d'Apollon, a tremblé long-temps fous un Maître. Il en eft de même d'un Acteur; il lui faut du travail & des leçons. J'ai tâché d'égayer les miennes, de les débaraffer fur-tout de ce ton dogmatique & magiftral qui effarouche & n'inftruit point.

Ce Poëme ne fut, dans fon origine, qu'une centaine de vers jettés au hazard fur la Déclamation tragique. J'étendis mes idées dans une feconde édition, & j'en formai le premier Chant de mon Ouvrage. Ce Chant même, tel qu'il reparoît, eft entiérement rajeuni par les augmentations que j'y ai faites & beaucoup de changemens dans les morceaux que j'ai confervés.

B 5

CELUI de la Comédie m'offroit
une moisson abondante d'images
agréables, de réflexions piquantes,
& de préceptes ingénieux ; la gaîté,
la Philosophie, la raison sans pédan-
tisme, telles sont les sources ou j'ai
dû puiser ; mais toutes ces richesses
peut-être ont ressemblé pour moi
à ces ondes fugitives, qui ne s'ap-
prochent des levres de Tantale,
que pour tromper sa soif & son
avide impuissance. Au reste, je n'ai
pas prétendu saisir & fixer ces finesses innombrables que l'instinct
du talent devine, & qui se déro-
bent aux lenteurs de l'examen. Ne
pouvant épuiser les trésors de mon
Sujet, j'ai tâché de me sauver par
le choix. Les Arts d'agrément allument l'imagination, s'emparent de
l'ame, & ne laissent point à l'esprit
le temps d'approfondir. Ce sont des
fleurs dont le léger duvet disparoît
sous la main pesante qui les touche.

JE ne me suis attaché, dans le Chant de l'Opéra, qu'a la partie de la Déclamation & du Jeu théâtral. Je n'avois point les connoissances nécessaires pour m'enfoncer dans les secrets de l'harmonie, & dans ces discussions épineuses, qui fourniroient la matiere d'un Traité. J'ai interrogé dans les critiques & les préceptes que j'ai hazardés, ce tact universel que donnent le goût & le sentiment. Si ces guides m'ont égaré, je les remercierai de mon erreur, que je préfére à cette vérité Mathématique qui s'élance toute hérissée, de la tête de nos Calculateurs.

L'OPÉRA, comme tous les autres Spectacles, a ses Censeurs & ses Partisans. Ceux qui raisonnent leurs plaisirs, qui se rendent compte de leurs sensations, & dédaignent ces surprises faites à l'esprit humain, tels que Boileau, la Bruyé-

re, l'éloquent Rousseau de Gene-
ve, se sont élevés contre ces absur-
dités, & cette indigente magie,
dont s'énorgueillit la Scene Lyrique. Le simple & judicieux la Fontaine a tourné en ridicule avec
sa naïveté ordinaire.

Ces Dieux mal suspendus criant au Machiniste.

IL est vrai que tout cet attirail,
ces ressorts grossiers, ces fils apparens, qui soutiennent ce frêle
édifice, obtiendront avec peine l'a-
veu des Partisans de la Nature &
de la vérité. Un monde magique
cependant peut avoir sa vraisemblance à part, qui, les premieres
suppositions faites, ne seroit jamais
démentie, & prêteroit aux mira-
cles de la Féérie, le mérite même
de la Nature. Mais, pour en venir
là, il faudroit une Salle, des Artistes, & un Public en état de payer
ses places. Un Spectacle tel que je
l'imagine, ruineroit ses admira-

teurs. Quelle illusion notre Opéra, tel qu'il eſt aujourd'hui, peut-il eſpérer d'une magnificence meſquine qui en augmente le ridicule ? Ce ſont toujours les Directeurs qui tiennent la baguette, & je ne reconnois point Armide, à ſon œconomie. Je ne parle ici que de l'exécution. Ce Spectacle, malgré tous ſes inconvéniens, aura toujours pour lui le génie de Rameau, & les brillantes productions de cet Auteur charmant, que les Graces ont ſi bien conſolé des outrages de la Satyre. La même franchiſe qui me fait riſquer ces réflexions, me force de convenir que la partie des Ballets * y eſt ſupérieurement traité, & doit ſatisfaire le goût le plus difficile. C'eſt qu'elle eſt indépendante de cet échaffaudage qui influe ſur les autres acceſſoires. Je ne ſuis point entré dans tous ces détails ; je les ai crus étran-

* J'en parlerai dans le Diſcours qui ſuit.

gers à mon Sujet, que j'ai dû reſ-
ferrer dans les limites de la Déclamation : heureux, ſi je l'ai rempli !

Sɪ ce Poëme après tout, ne forme point de grandes Actrices & de
bons Acteurs, ce que je n'ai pas
tout-à-fait la préſomption d'eſpérer,
du moins ceux qui ſe deſtinent au
Théatre y puiſeront-ils le goût de
leur Art, & l'amour-propre né-
ceſſaire pour en franchir les obſ-
tacles. Ce n'eſt point le précepte
par lui-même qui réuſſit, c'eſt la
forme ſous laquelle il eſt préſenté.
Suffit-il de parler à l'eſprit toujours
impérieux & rebelle ? Il faut échauffer l'imagination, exciter l'enthouſiaſme, intéreſſer la vanité, mobile univerſel, qui ſert plus au progrès des Arts que toutes ces froides méthodes, que mépriſent ceux
mêmes qui en profitent.

Uɴ autre mérite qu'on ne pour-

ra me refuser, c'eft le ton impar-
tial, qui fans doute fera quelques
mécontens. On ne trouvera point,
dans cet ouvrage, un feul jugement
que je vouluffe rétracter. La féduction des charmes n'y fait point
pancher la balance, en faveur de
la médiocrité. Je ne pefe, & n'apprécie que le talent : ceux ou celles
qui en manquent peuvent fe difpenfer de me lire, pour peu qu'ils
aiment les éloges, ou redoutent la
vérité.

NOTIONS
SUR LA DANSE

ANCIENNE ET MODERNE.

LA Danfe n'eft point étrangere à mon
fujet : elle peut être regardée comme une
Déclamation muette : fes mouvemens, quand
ils font expreflifs, deviennent auffi intelli-
gibles à l'efprit & à l'ame, que les articu-
lations même de la parole. Qu'importe l'inftrument dont les arts fe fervent, s'ils fe rapprochent dans leur but & dans leurs effets ?
Peindre, émouvoir, voilà le point où tout
fe réunit. Le fentiment, dans un certain
degré de chaleur fe crée des organes incon-
nus aux autres hommes ; & peut-être exifte-
t-il encore des moyens innombrables & tout
différens, de produire les mêmes émotions.
Préville jouant un rôle de *Crifpin*, *Dauberval* danfant un pas de Matelot, me caufent
une égale ivreffe ; avec cette différence que
Dauberval a un organe de moins, différence
qui ne m'eft point fenfible, tant que mon
plaifir dure ; parce que le plaifir interdit la
réflexion : qu'on entreprenne de me faire
rire, ou pleurer par quelqu'organe que ce

soit, si l'on y parvient, je suis content, & je remercie la nature d'avoir sçu varier, à l'infini, les secres de se reproduire. Tous les talens se tiennent ; ce sont autant d'anneaux qui forment une même chaîne. D'après ce principe, on ne sera pas étonné que j'associe la Danse aux autres parties de la Déclamation. Cet art n'est pas aussi frivole qu'on se l'imagine : chez quelques Peuples de l'Antiquité, il tenoit aux mœurs, à la législation, & devenoit un ressort du gouvernement. Je vais rasembler les Notions que j'en ai recueillies, & les mettre sous les yeux des Amateurs.

CEUX qui ont la manie de remonter aux sources, & qui ne parlent de rien, sans citer le Déluge ou la création du Monde, placent le berceau de la Danse dans ce Jardin de délices, où l'homme, en naissant, se vit entouré des merveilles de la nature : l'aspect des Cieux, l'éclat de cette voûte lumineuse où tant d'astres sont attachés, la majesté des Bois, le cristal fluide des ruisseaux, la varièté des fleurs, le frapperent, *disent-ils*, avec une si douce violence, que, dans son transport, il se mit à sauter, en actions de graces, & pour rendre son premier hommage à l'Auteur de tant de bienfaits. Il est certain que le premier Homme fut le premier Danseur : il ne lui a fallu,

pour déterminer le mouvement de ses pieds
& de ses bras, qu'une sensation vive à exprimer. Les sensations sont les principes de
tous les arts : elles ont produit le chant
qui, à son tour a fait naître la Danse, en
inspirant des gestes relatifs aux différens
sons dont l'oreille fut affectée. Mais il ne
s'agit point ici de ces pas imparfaits, de
ces ébranlemens involontaires qui emportent
loin de lui un Etre fortement agité. La
Danse réduite en art est la seule qu'on examine. Le Peuple Juif, le premier, nous en
donne des notions distinctes & appuyées
par beaucoup de passages de l'Ecriture. La
Danse sacrée des Anciens retrouve son insti-
tution dans les rites de la primitive Eglise.

APRÉS le passage de la Mer, Moïse pour
consacrer ce miracle, fit exécuter un Ballet
solemnel. Les filles de Silo dansoient dans
les champs, lorsque les jeunes garçons de
la Tribu de Benjamin les enleverent de
force, sur l'avis des *Sages* d'Israël. David
dansa devant l'Arche. Les exercices les plus
innocens peuvent dégénérer en abus. Dans
un de ces momens, où une multitude échauf-
fée ne connoît plus de frein, les Hébreux
qui avoient l'humeur à la danse, construi-
firent un Veau d'or, & se mirent à danser
autour. Cette transgression de la Loi fut
suivie d'un massacre expiatoire que Moïse

ordonna. Ces danſes reſpectables ont eu ſans
doute pour modeles les danſes myſtérieuſes
& triſtes des Egyptiens : ils en avoient une
nommée *Aſtronomique*, dans laquelle, par
l'enchaînement de certains pas, ils préten-
doient imiter la rotation réguliere des Aſ-
tres. On reconnoît bien à cette ingénieuſe
abſurdité, le caractere des habitans du Nil,
qui, dans le même temps, élevoient des
Piramides, créoient des loix ſages, & ado-
roient des Crocodiles.

Les Grecs les imiterent, & ne furent
pas long-temps à les ſurpaſſer : c'eſt, de
tous les peuples qui ont paru ſur la terre,
celui qui mit dans ſes plaiſirs, dans ſa re-
ligion même, le plus d'attrait, de pompe
& de gaîté. Toutes ſes fêtes reſpiroient à
la fois le goût & la magnificence. C'étoit
en danſant, qu'on célebroit les myſteres
d'Iſis & de Cerès. On danſoit dans les Temples, dans les Bois, dans les Campagnes :
Chaque hommage rendu à la Divinité étoit
une expreſſion touchante du bonheur des
hommes. Quelle adreſſe dans la légiſlation,
de lier ainſi les amuſemens d'un peuple au
maintien du culte & aux objets les plus
graves de la politique ! tout juſqu'à la fri-
volité, devient un reſſort utile, quand il eſt
bien conduit. On remarque que, dans l'Attique, les Prêtres firent moins de mal que

par-tout ailleurs ; c'eſt qu'ils intriguoient moins & danſoient davantage.

LICURGUE, ce légiſlateur ſi bizarre en apparence, & ſi ſage en effet, connut bien tout le prix de la danſe ; il ſentit, à quel point on pouvoit la rendre avantageuſe. Parmi cette foule d'exercices qu'il inſtitua, pour tenir en haleine une jeuneſſe guer-riere, cet Art avoit le premier rang. L'é-ducation des Spartiates n'étoit qu'une diſſi-pation continuelle & le paſſage d'un plaiſir à un autre : on leur faiſoit un jeu de leur devoir : auſſi danſoient-ils en voyant l'en-nemi.

DANS les jours de cérémonie, les jeunes garçons & les jeunes filles, mêlés enſem-ble, exécutoient nuds des danſes décentes qui les formoient à la vertu. Quel peuple, que celui chez lequel on pouvoit employer un pareil ſecret, ſans en rien craindre pour les mœurs !

TOUT le monde ſçait le trait d'Agamemnon qui, en partant pour Troie, confia la Reine à un Danſeur chargé de l'amuſer, pendant ſon abſence. Egyſthe devint amoureux de Clytemneſtre ; mais le Danſeur faiſoit ſi bien ſa charge qu'on rebutoit l'amant : tous les ſoins de l'un ne tenoient pas contre les talens de l'autre ; Egyſthe en un mot, ſe crut obligé de tuer le Danseur, pour avoir la femme. La Danse alors étoit une espece de sauve-garde pour l'honneur des maris.

LES Romains emprunterent des Grecs leurs Dieux & leurs Danses. Numa institua un College de Prêtres nommés *Saliens*, dont l'occupation étoit de former des Danses guerrieres, autour de l'Autel de Mars. *Caton* ouvrit un bal à l'âge de soixante ans. Ces autorités prouvent assez combien cet Art fut en vogue chez les Maîtres du Monde. Mais ces Danses étoient simples alors, comme les mœurs de la République naissante. Dès que les rafinemens de la corruption vinrent se mêler au fond du caractere national, les Romains préférerent, dans leur saltation la force aux graces & les emportemens de la débauche aux douces attitudes de la volupté. La décence Attique étoit un voile presque inconnu, chez un Peuple belliqueux & féroce, qui donnoit à ses fêtes l'empreinte de son génie. Leurs Danses nuptiales, entr'autres, formoient un tableau complet de tous ces groupes lascifs que la premiere nuit de l'hymen présente à l'imagination.

CE que l'on rapporte de la Danse des Archimimes, me paroît, sinon fabuleux, au moins très-sujet à discussion. En effet, il est difficile d'imaginer comment après la mort d'un Citoyen, on venoit sous un masque qui imitoit sa ressemblance, faire en dansant, sa Satyre ou son panégyrique. Avec quelque emphase qu'on ait loué cette mascarade prétendue philosophique, elle dégradoit, selon moi, l'honorable fonction de dire la vérité ; & il vaut mieux la taire prudemment, comme les Orateurs de nos jours, que de la rendre ridicule, comme ces funéraires histrions.

Ce que l'on peut assurer, en quelque sorte, c'est que la Danse Théatrale parvint dans Rome, au plus haut degré de perfection, * Deux hommes inimitables apporterent sur les bords du Tibre un genre inconnu qui joignoit un mérite réel aux attraits de la nouveauté : ils déployoient dans leurs gestes seuls toutes les ressources de l'éloquence. On raconte des prodiges de cette imitation muette de la nature. Les Acteurs dansans qu'ils formoient furent appellés Pantomines. Ils firent les délices de Rome : les affaires de la République leur étoient subordonnées ; & les Conquérans de la Terre furent quelque temps gouvernés par des Danseurs.

Cette Profession devint presque un état : entr'autres privileges, ils étoient

* Pylade, & Bathyle.

exempts du fouet ; grande diſtinction pour
des eſclaves ! les Dames Romaines ſur-tout
s'étoient déclarées pour eux : elles intriguoient, cabaloient, remuoient tout le Se-
nat, & leur cherchoient des Protecteurs, même parmi les Peres-Conſcripts. Elles auroient
bouleverſé l'Epire, plutôt que de laiſſer tomber un Théatre qui endoctrinoit leurs paſ-
ſions, & fourniſſoit des Athlétes, pour y
ſatisfaire. *Juvénal*, dans une de ſes ſatyres,
peint avec ſa franchiſe énergique, * la prompte ſenſibilité de ces Dames, à la vue de
certaines repréſentations. Un pareil enthouſiaſme, qui d'abord encouragea les talens
de ces Acteurs, enfla bientôt leur vanité :
enhardis par l'imprudente familiarité des
plus illuſtres Citoyens, ils ſe crurent tout
permis, jouoient en Public, les objets de
leur vengeance particuliere, varioient, chaque jour, les ſcenes de leur impudence, &
finirent par pouſſer à bout la vertu des Im-
pératrices. Le Mime Pâris débaucha la femme de Domitien ; & Domitien le fit aſſaſſi-
ner. Marc-Antonin eſſuya la même injure,
de la part d'un autre Mime : Marc-Antonin
la ſupporta patiemment ; il laiſſa vivre le
Mime, & lui garda ſa femme. Enfin, malgré leurs ſuccès, leurs partiſans, & même

---

* Chironomon Ledam molli ſaltante Batyllo,
Tuccia veſicæ non imperat : Appula gannit
Sicut in amplexu.

leur génie, ces Baladins porterent si loin
la licence & l'orgueil, qu'ils se firent chaf-
fer de Rome en même temps que les Philosophes. Cet événement porta à la Danse
un coup dont elle eut bien de la peine à
se relever.

MAIS son vrai triomphe est le crédit où
elle s'est long-temps maintenue parmi les
Chrétiens. Pendant les persécutions de l'E-
glise naissante, il se formoit des Sociétés
d'hommes & de femmes qui se retiroient
saintement dans les déserts, pour danser &
faire leur salut. Alors, on élevoit dans les
Temples une espece de Théatre séparé de
l'Autel, tel qu'on le voit encore à Rome
dans l'Eglise de S. Pancrace. C'est là que
les Prêtres, les Laïques; tous les Fideles
enfin dansoient avec la plus grande ferveur.
Les Evêques même, pour l'édification, me-
noient le branle & donnoient l'exemple.

BRANDON, le véridique Brandon, affir-
me que, vers le milieu du dernier Siecle,
on voyoit le Peuple de Limoges danser en
rond dans le Chœur de S. Léonard, en
chantant : Sant Marcian, prégas per nous &
nous épingaren per bous.

LES Coutumes les plus augustes s'alté-
rent, se corrompent & ouvrent souvent la
porte à la licence la plus effrénée : c'est

Partie III. C

ce qui arriva aux Danſes des Chrétiens ; & c'eſt ce que S. Grégoire déplore avec tant d'onction & d'éloquence. Les jeunes Filles , qui ſe mêlent par-tout , ſe joignirent aux Danſes des Fideles , ſous prétexte de partager leur dévotion ; & dénaturant l'eſprit de l'Egliſe , elles changerent bientôt en indécences toutes profanes un uſage ſanctifié par l'intention de ſes Fondateurs.

Mahomet , cet impoſteur plein de génie , qui trouva le moyen d'établir une Secte , en révoltant la raiſon , voulut imiter quelques-unes des ſages pratiques des Chrétiens : on danſoit dans nos Egliſes , il fit danſer dans ſes moſquées : les Dervis , eſpece de fous mélancoliques , pirouettoient juſqu'à perdre haleine en l'honneur de *Ménélaüs* leur Fondateur , qui danſa , diſent-ils , pendant quarante jours , en faiſant le moulinet.

C'est ainſi que les Arts une fois connus , ſe partagent , s'étendent , ſe diſtribuent de contrée en contrée , & ſe chargent de mille nuances oppoſées , chez les différentes Nations qui les cultivent.

Celui de la Saltation , ainſi que tous les autres , diſparut après ce premier éclat ; & l'Europe fut long-temps ſurpriſe de ſe trouver ſans Danſeurs : on vit renaître alors les querelles, les guerres d'opinion, les meurtres théologiques ; la terre fut ensanglantée par des Prêtres, & pour des argumens. Les siecles de lumiere & d'ignorance ont une éternelle vicissitude, qui ramene alternativement les plaisirs ou les malheurs des hommes. L'Italie, ce sol heureux, autrefois l'asyle des Arts, étoit encore destinée à les voir refleurir.

TANDIS que le Pape Sixte IV écrivoit sur le futur contingent, & canonisoit S. Bonaventure, le Cardinal Camerlingue, son neveu, lui donnoit, dans le Château S. Ange, de fort jolis Ballets qu'il composoit lui-même. Pendant ce temps-là le S. Pere oublioit de persécuter les Vénitiens : c'étoit autant de pris sur les maux de l'intolérance. Mais d'après tous ceux qui ont écrit sur ce sujet, la véritable époque du rétablissement de la Danse, est la fête qu'un Gentilhomme de Lombardie prépara, dans Tortoue, pour Galéas, Duc de Milan, & pour Isabelle d'Arragon son Epouse. Un simple particulier donna le mouvement aux esprits : l'émulation vint échauffer ce premier germe ; & l'on vit éclorre les Carousels, les grands Ballets, tous les spectacles à machines.

EN France on dansoit au milieu des troubles & des difcordes civiles. Catherine *de Médicis*, par un tour d'efprit héréditaire, affocioit l'amour du plaifir aux maneges de la politique ; & les Fêtes étoient fouvent le fignal des affaffinats.

LA Danfe ; & c'eft là fans doute, un de fes plus beaux titres, étoit le délaffement favori de *Henri* IV. Ce bon Prince, dont l'ame vraiment Royale joignoit des affections douces à des vertus courageufes, ne dédaignoit point un exercice, où il développoit cette gaîté franche, & cette galanterie cavaliere qui l'accompagna, même dans fes difgraces. J'aime à me le repréfenter affiftant aux fêtes qu'ordonnoit Sulli, Miniftre Philofophe, fi digne de contribuer aux plaifirs de fon Maître & de fon ami. Peut-être eft-ce, durant le regne de ce Monarque, dit *Cahufac*, que les François ont le plus danfé, & fe font le mieux battus.

RICHELIEU, qui fit du mal en grand homme, c'eft-à-dire, qui employa pour le bien des refforts trop violens, *Richelieu* protégeoit les Arts : il aimoit à fe diftraire dans leur fein de ces travaux pénibles, & de ces combinaifons profondes, dont le réfultat fut fi utile à la Monarchie. Dans la même tête il fçavoit allier le plan d'une guerre, la conduite d'un Siege, & l'ordonnance d'un Opéra : à l'égard de ce dernier genre, ses idées naissoient en foule, se pressoient les unes sur les autres ; il possédoit le génie qui les fait éclorre, mais non le goût qui les choisit & les met à leur place.

Aussi presque tous les Spectacles de son temps n'offroient - ils en général, qu'une magnificence mal entendue : nul dessein, nul développement, nulle distribution. C'étoient de grands Ballets allégoriques, où l'on faisoit figurer des êtres moraux, *l'Apparence* par exemple, avec une jupe parsemée de glaces de miroirs, des aîles, & une grande queue de paon ; le Temps, une horloge à la main ; le Mensonge caractérisé par une lanterne sourde, & autres moralités dansantes, ou emblêmes enigmatiques qui faisoient acheter, bien cher, par l'ennui de les voir, le plaisir de les deviner. Vouloit-on personifier le monde, on lui donnoit pour coëffure le Mont Olimpe, & une Carte de Géographie pour vêtement : on écrivoit, en gros Caracteres, sur l'estomach, *France* ; *Allemagne*, sur le ventre ; *Italie*, sur un bras ; *Espagne*, sur une jambe ; & sur le derriere, *Terre australe*, ou *Terre inconnue*. Telle est, à-peu-près l'idée qu'on doit se faire de ces froides allégories qui usurperent long-temps le titre de grands Ballets.

NOUS arrivons enfin à ce fiecle célebre où tous les Arts fe perfectionnent & acquierent le degré de chaleur qui les approche de la maturité. Tout fermente, à la fois : la gloire fe montre à la Nation, fous mille formes éblouiffantes. Le Génie crée, l'efprit difcute, le foyer s'étend, les lumieres fe répandent, & tout eft éclairé : tant que les Spectacles, refferrés dans leur deftination, ne contribuent qu'à l'amufement d'une Cour, leurs progrès font lents ; mais dans ce moment-ci, le Public en eft devenu lui-même le Juge & le Reftaurateur. Il eft bien plus difficile, fans doute, d'amufer tout un Peuple, qu'une poignée de Grands affamés de plaifirs : de-là, les combinaifons, les idées neuves, les hardieffés heureufes, l'effort fe mefure aux difficultés, l'émulation aux récompenfes. Sous l'œil redoutable du Public, l'arrogante médiocrité ne peut fe fauver, à la faveur des intrigues : il la pourfuit, la décéle, & l'immole au grand talent affez modefte pour chercher l'ombre, mais trop fupérieur pour y refter. C'eft ainfi que les feux du Soleil, qui defféchent fur la terre quelques chardons inutiles, vont meurir l'or dans le fond de la mine où il fe cache.

TANDIS que les autres arts devoient une nouvelle exiftence aux regards vivifians

& à ce tact infaillible des hommes raſſem-
blés, la danſe ſeule ſembloit ne pas ſuivre
l'impulſion générale, & ne faiſſoit que quelques pas mal affermis. Ce n'étoient point
les idées qui manquoient, mais les Artiſtes,
pour les mettre en œuvre. *Lulli* très-ſouvent
compoſoit lui-même ſes Ballets, & ſubor-
donnoit ainſi la Danſe au caractere de ſa
muſique: environnée d'entraves, elle ne pouvoit prendre l'eſſor, malgré le plan de *Qui-
nault*, & les indications frappantes qu'il nous
a laiſſées dans pluſieurs de ſes Opéras. Elle
eut enfin un moment d'éclat, grace aux
talens du fameux *Dupré* & de quelques autres Sujets dignes de le ſeconder: aucun
Danſeur n'a porté, plus loin que lui, la
nobleſſe des attitudes, la beauté des déve-
loppemens. Il fut le Dieu de la Danſe ſimple & majeſtueuſe. Mlle. *Salé* excelloit dans
les Danſes gracieuſes; Mlle. *Camargo* dans
les Danſes d'exécution: mais tout cela étoit
loin encore de cette action, de cette vivacité,
de cette vie dramatique qui ſeule devoit ca-
ractériſer la Danſe théâtrale; Mlle *Camargo*
même, n'avoit point le degré de vîteſſe &
de préciſion où l'on eſt parvenu depuis elle.

RAMEAU parut. Ce grand homme, qui
joignoit la ſenſibilité à la force du génie,
débrouilla par degrés le cahos de la Scene
où il venoit régner. Il arma l'envie, échauf-

C 4

fa les têtes , & créa des Artistes. Après
avoir accoutumé l'oreille à entendre fa mufique , il accoutuma les pieds à l'exécuter.
Le caractere de prefque tous fes airs de
Danfe eft une harmonie fi marquée , fi
impérieufe , fi déterminante que les difficultés ne tinrent pas contre le defir de les
vaincre. *Rameau* eft peut-être le premier François à qui nous devons de la mufique , un
Orcheftre , & des Danfeurs : Il eft certain,
que l'inftant de fa célébrité eft l'époque
du progrès de la Danfe moderne. Si l'enfemble de nos Ballets eft quelquefois dé-
fectueux , rien n'eft plus enchanteur que l'e-
xécution. En dépit de ce culte exclufif , &
de cette confécration ridicule , établis en
faveur de l'autre Siecle , je n'y vois rien
à comparer à la perfection de Mlle. *Lani* ,
à la prodigieufe célérité de Mlle. *Allard* ,
& à la Danfe pittorefque de *Dauberval* ,
voilà vraiment la Danfe du Théatre où rien
ne doit être admis , qui ne foit peinture
du fentiment. Je rends avec plaifir cette
juftice aux talens que je viens de nommer :
la louange jufte eft une dette qu'il faut acquitter , fans toutes ces reftrictions découra-
geantes qui en ôtent le prix & en retar-
dent l'effet.

QUELQUES perfonnes ont écrit fur la
Danfe : j'en ai confulté la plupart dans l'Ex-

trait qu'on vient de lire ; entr'autres , M. *De Cahusac* : son Traité historique est plein de recherches , d'anecdotes piquantes , de vues fines & de critiques judicieuses ; mais il seroit plus intéressant encore , s'il y avoit mis moins d'importance & de prolixité , plus de discussion sur la Danse ancienne , donc il a adopté toutes les fables , sur·tout plus de chaleur ; car il n'est pas permis d'écrire froidement trois volumes sur la Danse. Ce n'est point le défaut de *Noverre* dans ses Lettres sur ce sujet : quel feu ! quelle rapidité ! avec quelle supériorité il se joue de sa matiere ! Il trace autant de tableaux qu'il donne de préceptes ; & les idées qui lui échappent ne font qu'annoncer en quelque sorte toutes celles qui lui restent. *Cahusac* a composé un Livre , *Noverre* a fait un Ouvrage charmant , & pour l'Artiste qu'il forme , & pour l'homme du monde qu'il amuse.

IL seroit à souhaiter , qu'un homme de ce mérite ne fût point perdu pour la Capitale , & qu'on voulût bien l'associer à l'administration de nos Ballets. Secondé par les Artistes actuels , & par les lumieres du célébre *Lani* , jusqu'où ne porteroit·il pas cette brillante partie de nos spectacles ? Mais je ne sçais par quelle fatilité presque tous les grands talens affectent de ne se point fixer parmi nous : les Cours étrangeres , qu'ils vont embellir , héritent , peu-à-peu , de ce goût délicat qui nous abandonne : le génie , sur-tout , est un transfuge que nous aurons bien de la peine à ramener.

LA
TRAGÉDIE,
CHANT PREMIER.

PEINTRE de la raison, toi qui fur le Parnaſſe,
Es l'Oracle du goût, & le Rival d'Horace,
Dans l'Art brillant des Vers ta voix ſçut nous former,
Ma main trace aujourd'hui l'art de les déclamer.

VOUS, qui voulez enfin ſortir de vos ténebres,
Et ceindre le Jaurier des Actrices célebres,
Renfermez ce deſir, gardez de vous hâter :
Connoiſſez le Théatre, avant que d'y monter.
Il faut, il faut long-temps, plus prudente & plus
      ſage,
Faire encor de votre art l'obſcur apprentiſſage,
Et, pour vous épargner un triſte repentir,
Conſulter la raiſon, & penſer & ſentir.

DANS ſes jeux inſtructifs la Fable reſpectée
Nous vante les talens du mobile Prothée,
Qui poſſeſſeur adroit d'innombrables ſecrets,
Changeoit, en ſe jouant, ſa figure & ſes traits;
Tantôt, Aigle ſuperbe, affrontoit le tonnerre :
Tantôt, reptile impur, ſe traînoit ſur la Terre;

C 6

Arbre , élevoit fa tige, Onde ou Feu dévorant ,
Pétilloit dans les airs , ou tomboit en torrent ;
Rouloit , Tigre ou Lion , fa prunelle enflâmée ;
Et , près d'être faifi , s'exhaloit en fumée ;
Le vrai vous eft caché fous ce voile impofant.
Quel étoit ce Prothée ? un Acteur féduifant
Qui de fon Art divin poffédoit la fcience ,
De chaque paffion diftinguoit la nuance.
Déployoit d'un Héros l'effor impétueux ,
Peignoit la Politique & fes plis tortueux ,
D'un tendre fentiment développoit les charmes ,
Là , frémiffoit de rage , ici , verfoit des larmes ,
Ou faifoit dédaigner par tous les Spectateurs ,
Le fonge de la vie & celui des grandeurs.

Soit Fable ou vérité , cette métamorphofe
Indique les travaux que votre art vous impofe ;
Quels divers fentimens vous doivent animer ;
Et , fous combien d'afpects , il faudra nous charmer.

L'Étranger plus avide , en *Sujets* plus ftérile ,
Vous appelle peut-être & vous offre un afyle.
Ah ! n'allez pas groffir , à la fleur de vos ans ,
Le fervile troupeau de ces Bouffons errans
Qu'adopte par ennui la Province idolâtre ,
Et qui de Cour en Cour promenent leur Théâtre ;
Votre talent , qu'enfin on fçait apprécier ,
A Paris eft un art , & là n'eft qu'un métier.
Paris feul vous promet de rapides conquêtes ,
Et pour vos jeunes mains des palmes toujours prêtes ,
La critique éclairée y veille à vos fuccès ,
Et vous ouvre à la gloire un plus facile accès.
L'Actrice renommée y brille en Souveraine ;
Ses droits font dans nos cœurs , fon trône eft fur la
Scene.

MAIS c'est trop tôt quitter les févères pinceaux ;
Cette gloire tardive est le fruit des travaux.
Le laurier ne croît point où s'endort la molesse :
Cultivez votre organe, exercez-le sans cesse,
Sondez le cœur humain, parcourez ses détours :
De la langue Françoise étudiez les tours.
L'Actrice, qui chérit sa superbe ignorance,
Rampe, malgré tout l'or du Crésus qui l'encense.
Paroît-elle ? Aussi-tôt elle s'entend siffler.
Avant de déclamer, on doit savoir parler.

JUGEZ-VOUS de sang froid, & , d'un regard sévère,
Observez de vos traits quel est le caractere.
On doit voir sur vos fronts respirer tour-à-tour,
L'ambition, la rage, & la haine & l'amour.
Voulez-vous sur la Scene exciter la tendresse ?
Il faut que votre abord, que votre air intéresse,
Et puisse faire éclorre en nos cœurs agités
Le feu des passions que vous représentez.
Sans ces charmes touchans soutiens, de votre empire,
Me rendrez-vous sensible aux douleurs de Zaïre,
Qui, d'un culte nouveau craignant l'austérité,
Pleure au sein de son Dieu l'amant qu'elle a quitté ?
Ah ! Gaussin ! que j'aimois ta langueur & tes graces !
Tu désarmois le temps enchaîné sur tes traces :
Il sembloit à nos yeux t'embellir chaque jour,
Et respecter en toi l'ouvrage de l'amour.

AUX Rôles furieux vous êtes-vous livrée ?
Qu'un œil étincelant peigne une ame égarée.
Ayez l'accent, le geste, & le port effrayant.
Que tout un Peuple ému frémisse en vous voyant ;
Et que, réalisant vos complots parricides,
J'entende autour de vous siffler les Euménides.

SANS un front ténébreux, vous m'offrirez en vain

La barbare Médée, un poignard à la main,
Caffandre préfageant les maux de fa Patrie,
Les tranfports de Didon, les terreurs d'Athalie.
En vain vous prétendez m'offrir Sémiramis,
Bourreau de fon époux, Amante de fon fils,
Qui, dans un même cœur, vafte & profond abîme,
Raffemble la vertu, le remords & le crime,
Le Public, occupé de ces grands intérêts,
Veut de l'illufion, & non pas des attraits.
Pour graver ces tableaux dans le fond de notre ame,
A de fombres dehors joignez un cœur de flâme.

DES mafques, avec art adaptés aux difcours,
La Tragédie antique empruntoit le fecours.
Dans un rôle emporté, l'Acteur, d'après l'ufage,
D'un mafque furibond furchargeoit fon vifage.
Un mafque larmoyant, lorfqu'il falloit des pleurs,
Exprimoit & l'amour, & fes tendres douleurs.
De chaque rôle au moins on confervoit l'idée;
On ne confondoit plus Andromaque & Médée.
Heureux ou malheureux, Rois, Sujets & Tyrans,
S'offroient fous un afpect & des traits différens;
Achille paroiffoit enflammé de colere,
Diomede fougueux, Neftor calme & fevere;
Et ces mafques frappans & caractérifés,
Valoient bien nos minois, toujours fymétrifés,
Où chaque fentiment devient une grimace,
Dont l'uniformité, dont la froideur me glace;
Et qui, fur le Théatre une fois réunis,
Ont tous les mêmes traits fous le même vernis.

JUGES plus délicats, Spectateurs moins commodes,
Chaffons loin de nos yeux ces tragiques Pagodes,
Qui, marchant par refforts, & toujours fe guindant,
Soupirent avec art, pleurent en minaudant.

TELLE est , dans son ivresse , une Actrice arrogante ,
Qui sans cesse interroge une glace indulgente ,
Concerte ses regards , aligne tous ses pas ,
Applaudit à son jeu , sourit à ses appas.
Cette froide méthode est pleine d'imposture.
Votre ame est le miroir où se peint la Nature.
Dans une glace , où l'œil s'abuse à tout moment ,
C'est l'orgueil qui vous juge, & non le sentiment.
Vous y voyez un teint , que le soir même efface ,
Et de votre beauté la magique surface :
Sous ces habits flottans avec pompe étalés ,
C'est Flore , c'est Vénus qee vous y contemplez.
Mais y remarquez-vous , aveugle & complaisante ,
Ces pénibles ressorts d'une ame languissante ,
Vos gestes empruntés , ces yeux toujours muets ,
Qui peignent la douleur , & ne pleurent jamais ?
Chacun de vos défauts obtient votre suffrage :
C'est ainsi que Narcisse adoroit son image.

CONSULTEZ votre cœur ; c'est là qu'il faut chercher
Le secret de nous plaire, & l'art de nous toucher.

PAR une longue étude une fois prémunie ,
Alors suivez l'attrait & l'essor du génie ;
Le courage l'éleve, & la crainte l'abat ;
Du grand jour sans pâlir envisagez l'éclat.
Paroissez , armez-vous d'une noble assurance ,
Et de cette fierté que permet la décence.
Que jamais vos regards n'aillent furtivement
Mandier la faveur d'un applaudissement.
Le Public dédaigneux hait ce vain artifice ;
Il siffle la Coquette , il applaudit l'Actrice.

OFFREZ-NOUS un maintien, un port majestueux ;

Que d'abord votre marche en impofe à nos yeux
Au gré des mouvemens qui vous ont agitée ,
Qu'elle foit à propos lente ou précipitée.

Que le gefte facile & fans art déployé ,
Avec le fens des vers foit toujours marié.
Songez à réprimer fon emphafe indifcrette ;
Qu'il foit des paffions l'éloquent interprete :
Développe à nos yeux leur flux & leur reflux ,
Et devienne pour l'ame un organe de plus.

Des paffages divers décidez les nuances ;
Ponctuez le repos , obfervez les filences.

Le jeu muet encor veut une étude à part :
Il eft & le triomphe & le comble de l'art.
C'eft là que le talent paroît fans artifice ,
Et que toute la gloire appartient à l'Actrice.
Il faut , pour le faifir , favoir l'ouvrage entier ,
En fuivre les refforts , & les étudier :
Réunir , d'un coup d'œil , tous les traits qu'il raf-
         femble ,
Et ces effets cachés qui naiffent de l'enfemble.
Tel , dans tout ce qu'il trace , un Peintre ingénieux
Doit chercher des couleurs l'accord harmonieux.

Laissez donc la *routine* aux Actrices frivoles ;
Sachez approfondir & raifonner vos rôles.
Que l'étude pourtant fe faffe peu fentir :
A force d'art craignez de vous appefantir.
Loin du jeu théatral la trifte fymétrie ,
Et le compas glacé de la Géométrie ,
Des paffions toujours fuivez le mouvement ,
Trop de raifon nous choque & nuit au fentiment.
Il eft d'heureux défauts & des élans fublimes ,
Qu'il ne faut point foumettre à de froides maximes.

Que tous vos fens alors foient faifis, tranfportés
Melpomene vous voit, vous entend, éclatez ;
Et, dans le même inftant, *par un effet contraire*,
Sachez pâlir d'horreur & rougir de colere.
Oubliez, imitant le plus célebre Acteur *,
Votre rôle, votre art, vous & le Spectateur.

Tel l'illuftre le Kain, † dans fa fougue fublime,
S'empare de notre ame, & ravit notre eftime.
Je crois toujours le voir, échevelé, tremblant,
Du tombeau de Ninus s'élancer tout fanglant ;
Pouffer du défefpoir les cris fourds & funebres,
S'agiter, fe débattre à travers les ténebres,
Plus terrible cent fois que les fpectres, la nuit,
Et les pâles éclairs, dont l'horreur le pourfuit.

Tel eft encor Brizard **, lorfque du vieil Horace

* *Baron, après fa retraite, qui fut de plus de vingt années, remonta fur la Scene : elle étoit alors en proie à des Déclamateurs bourfoufflés qui mugiffoient des vers au lieu de les réciter. Il débuta par le rôle de Cinna. Son entrée fur le Théatre, noble, fimple & majeftueufe, ne fut point goûtée par un Public accoutumé à la fougue des Acteurs du temps ; mais lorfque, dans le tableau de la Conjuration, il vint a ces beaux vers :*

Vous euffiez vu leurs yeux s'enflammer de fureur,
Et dans le même inftant, par un effet contraire,
Leur front pâlir d'horreur & rougir de colere.

On le vit pâlir & rougir fucceffivement. Ce paffage fi rapide fut fenti par tous les Spectateurs. La Cabale frémit & fe tût.

† *Acteur inimitable dans les paffions fortes, & les grands effets de la Tragédie.*

** *M. Brizard a fuccédé à M. Sarrazin : il a autant de vérité, & plus de nobleffe que fon Prédéceffeur.*

Il peint l'ame Romaine & l'héroïque audace,
Et que perdant deux fils immolés à l'honneur,
Dans le fils qui lui reste il embrasse un vainqueur.
Quel feu ! quel naturel ! quel auguste langage !
C'est le Héros lui-même & non le personnage.

SOYEZ impétueuse & vive en vos récits :
Les Spectateurs soudain veulent être éclaircis :
Là, qu'un art déplacé jamais ne nous étale
Le traînant appareil d'une lente finale :
Et par la pesanteur d'un jeu soporatif,
N'aille point fatiguer le Parterre attentif.

D'UN combat engagé dans une nuit obscure
Venez-vous raconter l'effrayante aventure ?
Que votre jeu rapide & vos sons éclatans
Me retracent les cris, le choc des combattans ;
Que sur-tout la mémoire, en ces momens fidelle,
Lorsque vous commandez ne soit jamais rébelle ;
Et ne vous force point, glaçant votre chaleur,
D'aller, à son défaut, consulter le Souffleur.

POUR fixer nos esprits, & plaire à Melpomene,
Seule sachez remplir le vuide de la Scene.

LE Public n'y voit plus, borné dans ses regards,
Nos Marquis y briller sur de triples remparts.
Ils cessent d'embellir la Cour de Pharasmane ;
Zaïre sans témoins entretient Orofmane.
On n'y voit plus l'ennui de nos jeunes Seigneurs
Nonchalamment fourire à l'héroïne en pleurs.
On ne les entend plus du fond de la coulisse,
Par leur caquet bruyant interrompre l'Actrice,
Persiffler Mithridate, &, sans respect du nom,
Apostropher César, ou tutoyer Neron.

Si le succès enfin remplit votre espérance ,
On vous verra peut-être , avec trop d'assurance ,
Vous fiant au Public , sans prévoir ses retours,
Retomber mollement dans le sein des Amours.
De l'art de déclamer connoissez l'étendue :
Telle l'ignore encor, qui s'y croit parvenue.
Le premier feu produit ces succès éclatans ;
Mais la perfection est l'ouvrage du temps.
L'amour-propre souvent, Juge trop infidelle ,
Du talent orgueilleux étouffe l'étincelle.

Il est un lieu charmant, & toujours fréquenté *
Par ce folâtre essain qui poursuit la beauté.
Là , dans les jours brillans, l'habitude rassemble
Tous les états surpris de se trouver ensemble.
Un plumet étourdi , de lui-même content
Se montre, disparoît, revient au même instant.
Infectant ses voisins de l'ambre qu'il exhale ,
Le grave Magistrat se rengorge & s'étale :
Et l'heureux Financier , dispensé des soupirs ,
Va toujours marchandant & payant ses plaisirs.

De ces lieux enchanteurs redoutez le prestige ;
Bientôt votre talent y tiendra du prodige.
N'entends-je point déjà de nos illustres fous
L'essain tumultueux frémir autour de vous ?
Bourdonner en chorus , *elle est* , *ma foi* , *divine* ,
Et du théatre enfin vous nommer l'héroïne.
Craignez ces vains transports , qu'inspirent vos at-
              traits.
La vérité conseille , & ne vante jamais.
Faites-vous , imitant nos célebres Actrices ,
Admirer sur la scene , & non dans les coulisses.

Exercez votre goût, don tardif & brillant ,

* *Les Foyers.*

Il ajoute à l'efprit & guide le talent.
Comme une tendre fleur , il languit fans culture
S'augmente par l'étude , & vit par la lecture.

PAR un menfonge heureux voulez - vous nou
    ravir ?
Au févere Coftume il faut vous afservir.
Sans lui d'illufion la Scene dépourvue ,
Nous laiffe des regrets & bleffe notre vue.
Je me ris d'une Actrice , indigne de fon art ,
Qui rejette ce joug , & s'habille au hazard ,
Dont l'ignorance altiere oferoit fur la Scene
Dans un cercle enchaîner la dignité Romaine ;
Et qui , n'offrant aux yeux qu'un fafte inanimé ,
Confulteroit *Méri* * pour draper *Idamé*.

N'AFFECTEZ pas non plus une vaine parure ;
Obéiffez au rôle , & fuivez la Nature.

NOUS offrez-vous Electre & fes longues douleurs ?
Songez qu'elle eft efclave,& qu'elle eft dans les pleurs.
D'ornemens étrangers , trop inutiles charmes ,
Ne chargez point un front obfcurci par les larmes.
Le Public, dont fur vous tous les yeux font ouverts ;
Dédaigne vos rubis , & ne voit que vos fers.

PARCOUREZ donc l'Hiftoire ; elle va vous inftruire.
Cent Peuples à vos yeux viendront s'y reproduire.
Examinez leurs goûts , leurs penchans , leurs hu-
    meurs ;
Quels font leurs vêtemens,& leurs arts & leurs mœurs.

LA Fable ingénieufe , ouvrant fes galeries ,

* *Marchande de Modes , qui fournit plufieurs Actrices.*

ous offre le trésor de ses allégories.
'est là que la Raison, vient sous des traits nouveaux,
u fard des fictions embellir ses tableaux.

Ici vous croyez voir la Reine de Carthage,
e front environné d'un funebre nuage,
uttant contre la mort, qu'elle porte en son sein.
rois fois elle se leve & retombe soudain.
es regards expirans, où l'amour brille encore,
emblent redemander le Héros qu'elle adore.
lle pleure, soupire, &, dans son désespoir,
lle cherche le jour, & gémit de le voir.

Plus loin, c'est Niobé, cette femme orgueilleuse,
ette Mere superbe, & bien plus malheureuse.
uel spectacle ! elle s'offre à mes sens désolés,
u milieu de ses fils, l'un sur l'autre immolés.
force de souffrir, elle paroît tranquile :
on front est abattu, son regard immobile ;
lle reste sans voix ; l'excès de ses douleurs
tari dans ses yeux la source de ses pleurs.
e taciturne effroi dit plus qu'un vain murmure :
à, j'admire, je vois, & j'entends la Nature.

Qu'elle seule, toujours dirigeant votre feu,
omme dans ces tableaux, brille dans votre jeu.

Voulez-vous qu'une Reine, en secret agitée,
égoûtante de sang, de remords tourmentée,
ui voit devant ses pas s'entr'ouvrir les enfers,
bserve, en expirant, la cadence d'un vers ?

Voulez-vous qu'une Amante, au milieu des ténebres,
rête à se réunir à des manes funebres,
édite en éclatant un sinistre dessein,

Et se plonge, avec art, un poignard dans le sein

N'allez pas, lorsqu'il faut nous arracher des lar-
mes,
Etaler froidement vos pompeuses allarmes,
Par un rithme importun corrompre nos plaisirs
Mesurer vos transports & noter vos soupirs ;
Et, quittant le vrai ton pour une emphase vaine
Faire tonner l'Amour & mugir Melpomene.
Le sentiment se tait, & sçait bien s'exprimer ;
L'Actrice doit le peindre, & non le déclamer.

Contemplez de Makbet * l'Epouse criminelle
Sous ces murs, où son Roi fut égorgé par elle ;
Cette femme s'avance aux yeux des Spectateurs,
Et vient, en sommeillant, expier ses fureurs.
L'inflexible remord, dont elle est la victime,
Agite son sommeil des horreurs de son crime.
Ses bras sont teints de sang, qu'elle détache en
vain ;
Sous la main qui l'efface il reparoît soudain ;
J'admire en frissonnant ; ô muette éloquence !
Quel mouvement ! quel geste ! & sur-tout quel silence !

Le discours le plus beau, lorsqu'il est déplacé
Pese & déplaît bientôt au Spectateur glacé.

Muse, soutiens mon vol, échauffe mon courage ;
Et de ma jeune Eleve obtiens-moi le suffrage.
La variété seule a droit de la charmer ;
Et c'est en l'amusant que je veux la former :
Il est d'autres secrets & des routes nouvelles :
Ainsi que ses leçons, chaque art a ses modeles.

Déja, la Parque avide, au milieu de leur cours,

＊ Tragédie Angloise.

Charmante le Couvreur, avoit tranché tes jours.
Un poignard sur le sein, la pâle Tragédie
Dans le même tombeau se crut ensevelie ;
Et, foulant à ses pieds les immortels cyprès,
D'un crêpe environna ses funebres attraits.

UNE Actrice parut : Melpomene elle-même
Ceignit son front altier d'un sanglant diadême :
Dumesnil est son nom : l'amour & la fureur,
Toutes les passions fermentent dans son cœur :
Les Tyrans à sa voix vont rentrer dans la poudre ;
Son geste est un éclair ; ses yeux lancent la foudre.

QUELLE autre l'accompagne, & parmi cent cla-
        meurs
Perce les flots bruyans de ses adorateurs !
Ses pas sont mesurés ; ses yeux remplis d'audace ;
Et tous ses mouvemens déployés avec grace :
Accens, gestes, silence, elle a tout combiné,
Le Spectateur admire, & n'est point entraîné ;
De sa sublime Emule elle n'a point la flâme ;
Mais, à force d'esprit elle en impose à l'ame.
Quel auguste maintien, quelle noble fierté !
Tout jusqu'à l'art, chez elle, a de la vérité.

VOUS devez avec soin consulter l'une & l'autre,
Et puiser dans leur jeu des leçons pour le vôtre ;
Mais votre premier maître est sur-tout votre cœur.
Soyez toujours vous-même aux yeux du Spectateur :
Le desir d'imiter vous cache un précipice ;
Gardez de vous traîner sur les pas d'une actrice :
N'allez point copier tels gestes, tels accens,
Nous répéter sans goût des sons retentissans,
Et, pour mérite unique, offrir à notre vue
Le méchanisme vain d'une belle Statue.
Franchissez l'heureux terme, où le prix vous attend;

Libre on perce la nue : on rampe en imitant.

O toi, dont les attraits embelliffent la Scene,
Toi, que l'Amour Jaloux difpute à Melpomene,
Séduifante Dubois, réponds à nos defirs ;
C'eft affez fommeiller dans le fein des plaifirs.
Ofe enfin te placer au rang de tes modeles,
La gloire te fourit & te promet des aîles :
Ofe, & prenant ton vol vers l'immortalité,
Fixe par le talent l'éclair de la beauté.

LORSQU'AVEC moins de crainte, & moins de
            fervitude,
Vous aurez du Théatre acquis plus d'habitude ;
Quand le Parterre enfin, ce lion rugiffant,
Deviendra pour vous feule & fouple & careffant :
Elancez-vous alors loin du fentier vulgaire,
De votre art plus maîtreffe étendez-en la fphere.
Par de nouveaux moyens attachez nos regards :
Hazardez, le fublime a fouvent fes écarts.
Par fa fimplicité tantôt il nous étonne :
Tantôt, armé d'éclairs, c'eft Jupiter qui tonne.

LA Nature long-temps fe plaît à fe cacher :
Elle a mille fecrets qu'il lui faut arracher.
Pour l'aveugle Vulgaire indigente & ftérile,
Aux regards du génie elle eft toujours fertile.
C'eft l'or qui, renfermé dans fes noirs fouterrains,
Attend, pour en fortir, d'induftrieufes mains,
C'eft ce marbre groffier, c'eft ce bloc infenfible
Que le cifeau façonne, & que l'art rend flexible.

MAIS ce n'eft point affez de ces vaines leçons :
Je quitte le pinceau, je brife mes crayons,
Si je ne vous infpire un orgueil légitime,
Cet orgueil créateur, le foyer du fublime,

Le

Le préjugé s'efface, il touche à son déclin :
Le François plus instruit, est aussi plus humain.
S'il outragea votre art, il en rougit encore ;
Pourroit-il avilir des talens qu'il adore ?

CONNOISSEZ de cet Art quelle est la dignité ;
Voyez autour de vous tout un peuple agité ;
Il se presse, il palpite, & soudain plus tranquille,
Un morne accablement tient son œil immobile,
Ces pâles Spectateurs, étonnés de frémir,
A votre émotion mesurent leurs plaisir ;
Tantôt, ensevelis en des terreurs muettes,
Ils n'ont que des sanglots, des pleurs pour inter-
                          pretes ;
Et tantôt mille cris, jusqu'au Ciel élancés,
Soulagent tous les cœurs, trop long-temps op-
                          pressés.
Chacun de ces effets est votre heureux ouvrage ;
Chaque larme versée est pour vous un hommage.
Vous tenez dans vos mains le fil des passions ;
Le mobile brûlant de nos affections.
Nous ressentons vos feux, nos transports sont les
                          vôtres ;
Et le cri de vos cœurs retentit dans les nôtres.

JE sais qu'un Sage illustre, un Mortel renommé ;
Qui hait tous les humains, lorsqu'il en est aimé ;
Du fond de sa retraite, où l'Univers l'offense,
A fait tonner sur vous sa farouche éloquence.
Contre lui cependant je dois vous rassurer :
Un Sage n'est qu'un homme : il a pu s'égarer.
Le Monde à ses regards prend un aspect sauvage ;
Ne peut-on s'en former une riante image ?
Des crédules humains Précepteurs rigoureux,
Pourquoi nous envier nos mensonges heureux ?

Partie III.   D

Ah ! laissez-nous du moins une douce imposture ;
L'ingénieuse erreur embellit la Nature :
Et vous ôter nos Arts, nos talens enchanteurs,
C'est ravir à la Terre & ses fruits & ses fleurs.

SACHEZ donc repousser de frivoles atteintes ;
Déjà les vents légers ont emporté ses plaintes,
Tout sévere qu'il est, on peut le désarmer :
Opposez-lui des mœurs, il va vous estimer.
Ce n'est pas que je veuille, en Sage atrabilaire,
Fermer vos jeunes cœurs au desir de nous plaire :
La flamme de l'Amour peut dans un cœur brûlant
Allumer & nourrir la flamme du talent.
Ce n'est point cet Amour, qui fait rougir les Graces,
Que le morne Plutus entraîne sur ses traces,
Qu'on voit, secouant deux torches dans ses
    mains,
Sourire au Dieu lascif qui préside aux Jardins :
C'est ce Dieu délicat, qu'embellit la décence :
Que l'aimable mystere accompagne en silence ;
Qui, sans effaroucher les timides desirs,
Verse en secret des pleurs dans le sein des plaisirs.

POUR vous faire adorer, vous respectant vous-
    même,
Adoptez de Ninon l'ingénieux systême.
Que l'Amant, enchanté de vos frêles appas,
Vous trouve plus charmante en sortant de vos bras.
Que la réflexion, qui suit toujours l'ivresse,
En la justifiant, augmente sa tendresse,
Et qu'enfin l'amitié, nous fixant à son tour,
Pare encor votre Automne, & survive à l'Amour.

VOILA par quels moyens & quelle heureuse adresse
Hors du Théatre même une Actrice intéresse,
Sur sa trace brillante enchaîne tous les cœurs,

Dompte la calomnie & l'hydre des Censeurs.

SUR le sommet du Pinde, au séjour des orages,
S'éleve un Temple auguste, affermi par les âges ;
Cent colonnes d'ébéne en soutiennent le faix ;
Et sur les murs sanglans sont écrits les forfaits :
On avance, en tremblant, sous d'immenses porti-
   ques,
L'œil s'enfonce & se perd dans leurs lointains magi-
   ques.
On n'y rencontre point d'ornemens fastueux ;
Tout est dans ce séjour, simple & majestueux.
On y voit des tombeaux entourés de ténebres ;
Des fantômes, panchés sur des urnes funebres,
Et l'on n'entend par-tout que des frémissemens,
Que sons entrecoupés, & longs gémissemens.

DEUX Femmes *, sur le seuil, en défendent
   l'entrée :
L'une toujours plaintive est toujours éplorée :
Ses cheveux sont épars, son front couvert de deuil :
Et sa bouche collée au marbre d'un cercueil.

L'AUTRE inspire l'effroi dont elle est oppressée.
Son front est fixe & morne, & sa langue glacée.
La vengeance, la rage & la soif des combats,
Cent Spectres en tumulte accourent sur ses pas.
Ses sens sont éperdus ; ses cheveux se hérissent ;
Sa poitrine se gonfle, & ses bras se roidissent.
Un feu sombre étincelle en ses yeux inhumains,
Et la coupe d'Atrée ensanglante ses mains.

PLUS loin regne l'Amour, cet amour implacable,
De meurtre dégoûtant, malheureux & coupable ;
Qui ne respecte rien, quand il est outragé,

 * *La Terreur & la Pitié.*

       D 2

Court, se venge & gémit si-tôt qu'il est vengé.
L'assassin de Pirrhu, l'Euménide d'Oreste,
Ce Dieu, qui d'Ilon hâta le jour funeste,
Osa porter la flamme au bucher de Didon,
Et plonger le poignard au sein d'Agamemnon.

DE ces sombres objets Melpomene entourée,
Choisit au milieu d'eux sa retraite sacrée.

Les yeux étincelans, quel vieillard dans ce lieu,
Environné d'Autels, semble en être le Dieu ?
Un mortel moins altier, assis au même trône,
Reçoit des mains du Goût sa brillante couronne.
Leur terrible Rival, pour tracer ses tableaux,
Dans le Sang & les pleurs trempe ses noirs pinceaux.
Et leurs lauriers épars, couvrant le Sanctuaire,
Viennent se réunir sur le front de Voltaire.
La grande Actrice admise en ce séjour divin,
Marche & s'énorgueillit près du grand Ecrivain.
Récitant ces beaux vers, où l'Amour seul domine,
Champmeslé pleure encor dans les bras de Racine ;
Et le Couvreur, l'œil sombre & de larmes baigné,
Attache les regards de Corneille étonné.

VOUS, de ces demi-Dieux, modernes Interpretes,
La gloire vous attend, & vos palmes sont prêtes.
Chef d'œuvres du pinceau, dans ces pompeux ré-
duits
Déjà vos traits brillans sont par-tout reproduits.
Ici pleure Gauffin, toujours sensible & tendre.
Là, c'est toi, Dumesnil, toi que l'on croit entendre ;
La Nature enrichit ton simple médaillon ;
Et l'art couvre de fleurs le buste de Clairon.

MOLIERE · PLAUTE · TERENCE

LA COMÉDIE,

CHANT SECOND.

J'AI chanté l'art brillant d'embellir Melpomene,
De parler, de gémir, de tonner fur la Scene :
Au Cothurne orgueilleux j'ofai dicter des loix ;
A l'humble brodequin je confacre ma voix.

Toi, qui dans un miroir agréable & fidele ;
Préfentant l'homme à l'homme, amufes ton mo-
dele,
Nous reproduis nos traits, nos mobiles travers,
Et fçais, en te jouant, corriger l'Univers,
Souris à mes accens, viens, folâtre Thalie,
Echauffe mes leçons du feu de la faillie,
Apprends-moi tes fecrets, & ne me cache rien
Des myfteres d'un art, interprête du tien.

O vous, que de cet art ont féduit les délices,
La palme qu'il promet croît fur des précipices.
Aux fuccès éclatans vous prétendez en vain,
Si les Cieux n'ont en vous tranfmis ce feu divin,
Cette fource de vie aux humains apportée,
Mobile univerfel ravi par Promethée,

D 3

L'efprit enfin, l'efprit, invifible flambeau,
Qui du monde encor brute éclaira le berceau.
Quels plaifirs font piquans, s'il ne les affaifonne ?
C'eft par lui que l'on penfe & par lui qu'on raifonne.
Vous pourrez bien, fans lui, répandre quelques
　　　　pleurs ;
Cadencer noblement de tragiques douleurs,
Et même en impofer aux Spectateurs crédules ;
Mais lui feul voit, faifit, & peint les ridicules.
Ofez donc vous connoître, & vous interroger.
Enlevez au Public le droit de vous juger.
N'allez point fur la Scene étaler votre enfance,
Au Parterre affemblé prouver votre ignorance,
D'un rire aviliffant provoquer les éclats,
Balbutier des vers que vous n'entendrez pas,
Végéter & vieillir dans cette ignominie,
Salaire accoutumé des Bouffons fans génie.

　　MAIS ce n'eft point affez de ce feu créateur ;
Tremblez ; l'homme d'efprit eft loin du grand Ac-
　　　　teur.
Tel croit être formé qui ne fait que de naître.
Pour peindre la Nature, il faut la bien connoître,
En tout temps, en tous lieux, il faut la confulter,
La confulter encore, & puis la méditer.
Elle eft belle, féconde & fublime à tout âge.
Dans les jeux de l'enfance épiez fon langage :
Obfervez les vieillards & leur air ombrageux ;
Du jeune homme inquiet les defirs orageux ;
L'époufe avec l'époux, le fils avec le pere,
Et la fille attentive aux leçons de fa mere.
C'eft là que l'on faifit ce ton de vérité,
Que l'effort du travail n'a jamais imité.
C'eft là que l'on fe rit de ces jeux froids & triftes,
De ces vils hiftrions, l'un de l'autre copiftes,
Et que l'Acteur, entr'eux comparant les objets,

Va ravir de fon art les plus nobles fecrets.

LES préceptes de l'art font toujours arbitraires.
Ceux-ci femblent trop doux , & ceux-là trop féveres;
Et l'on a vu fouvent de graves précepteurs ,
En donnant des leçons , confacrer des erreurs.
La Nature elle feule eft un guide fidelle ,
Et tous les vrais talens font éclairés par elle.

OCCUPÉ du Spectacle , & non des Spectateurs ,
Faites toujours valoir vos Interlocuteurs.
Pour laiffer de chacun reffortir la partie ,
Étudiez des tons l'heureufe fympathie.
Lorfque l'un s'affoiblit , l'autre devient trop fort.
Comme dans un concert , il faut prendre l'accord.

DE la Tradition rejettant la chimere ,
Jouez d'après votre ame & votre caractere.
Comment fixer des tons d'age en âge tranfmis ?
A ces bizarres Loix Dorilas fut foumis.
Sans ceffe il confultoit ce miroir infidele ,
Que le temps , chaque jour , obfcurcit de fon aîle.
Servile imitateur , bouffon faftidieux ,
Il n'auroit point ofé fe montrer à nos yeux ,
S'il n'eut de fon ayeul arboré la rondache ,
Les antiques canons , & fur-tout la mouftache.
Il mettoit fon orgueil à le repréfenter ;
Répétoit fes accens qu'il s'étoit fait noter ;
De rien imaginer affectoit le fcrupule ;
Et par tradition fut fot & ridicule.

DES rôles différens parcourons les beautés ;
Combinons leur efprit & leurs difficultés.

A mes premiers regards s'offrent les caracteres.
C'eft là qu'il faut de l'art épuifer les myfteres ,

Contraindre fa chaleur , foudain la déployer ,
Defcendre , s'élever & fe multiplier ,
Unir adroitement la force à la foupleffe ,
Se variant toujours , fe reffembler fans ceffe ;
A l'Auteur embelli ; s'il le faut , ajouter ,
Et créer quelquefois , pour mieux exécuter.

IL eft des traits faillans que j'aime & que j'admire,
L'Art ne les fixe point , le moment les infpire.
Un filence éloquent eft fouvent un bon mot ;
Un bon mot difparoît , quand l'Acteur n'eft qu'un
      fot.

Nous repréfentez-vous la fombre humeur d'Al-
      cefte ,
Qui maudit & veut fuir les humains qu'il détefte !
Que votre abord foit dur , votre front fourcilleux ,
Votre voix feche & brufque , & votre œil nébuleux.
Exprimez bien fur-tout ces fougues de tendreffe ,
Dont il vient amufer fa volage maîtreffe ,
Qu'on reconnoiffe en vous un Mortel égaré ,
Qui hait jufqu'à l'amour dont il eft dévoré.

GRANDVAL , dans ces tableaux paroît encor fu-
      blime ,
Et fait à fes beaux ans furvivre notre eftime.

JOUEZ-VOUS le Tartuffe ? obfervez d'autres loix ;
En fons pieux & lents mefurez votre voix ;
De ce fourbe imitez le myftique fourire ,
Lorfque fon œil dévot s'attache fur Elmire ,
Lorfque , laiffant errer une indifcrette main ,
Des genoux chatouilleux il monte jufqu'au fein ;
Avec fuavité médite un adultere ,
Et veut , au nom de Dieu , deshonorer fon Frere.
Que votre air , tour-à-tour , foit ferme & radouci.

Là , soyez proſterné ; mais , commandez ici.

LE rôle du Joueur veut une ame brûlante.
Que toujours l'action y ſoit vive & ſaillante.
Paroiſſez ſur la Scene , égaré , furieux ,
Pâle , défiguré , le chapeau ſur les yeux:
Renyerſez ces fauteuils , que vous croyez complices;
Roland du Lanſquenet , ébranlez les couliſſes.
Au ſeul nom de trictrac , frémiſſez de courroux.
Le dez fatal vous ſuit , & roule encor pour vous.

IL eſt plus d'une palme à la Cour de Thalie.
L'un conſacre aux vieillards une voix affoiblie ,
Nous retrace leurs mœurs , leurs penchans clan-
                deſtins ,
Et leur crédulité pour des fils libertins.

CET autre , qui de ſoi prudemment ſe défie ,
Se ſent , pour les niais , formé par ſimpathie.

CET autre enfin , prenant un eſſor qui lui plaît
Obéit à ſon goût & s'érige en Valet.

SONGEZ-Y. Dans ce genre auquel tu te deſtines ,
On ne cueille les fleurs qu'à travers les épines.
As-tu reçu des Cieux ce naturel plaiſant ,
Cet art , cet heureux don , le don d'être amuſant ;
La volubilité d'un organe mobile ,
Un corps alerte & ſouple , un eſprit verſatile ?
Voit-on étinceler dans ton regard mutin ,
Et l'amour de l'intrigue , & la ſoif du butin ;
La trahiſon , l'adreſſe , & cette effronterie ,
Dont l'intrépidité ſied à la fourberie ?

QUELQUEFOIS un Valet , novice dans ſon art ,
De la publique joie oſe prendre ſa part.

Et ne fâchant fur lui garder aucun empîre,
Rit de ce qu'il a dit, ou de ce qu'il va dire.
C'eſt uſurper nos droits : le jaloux Spectateur
S'attriſte avec raiſon du plaiſir de l'Acteur.
Tout le charme eſt détruit, dès qu'on voit la perſonne.
Le Perſonnage ſeul nous plaît & nous étonnne:
Ne te livre jamais à ce rire empeſé,
Et ſache être amuſant, ſans paroître amuſé.

NE va point cependant, Baladin mercenaire,
Apporter ſur la Scene un front atrabilaire ;
Et t'acquitter d'un art, pour toi toujours nouveau,
Ainſi qu'un porte-faix qui décharge un fardeau.
Je mépriſe un Acteur que ſon talent ennuie ;
Il doit être chaſſé de la Cour de Thalie :
C'eſt un hibou qui vient, ſous des berceaux naiſſans,
Effrayer Philomele, & troubler ſes accens.

L'INGÉNIEUX Armand, ce Neſtor du Théeatre,
Oublié par le temps, étoit encor folâtre.
Que j'aimois ſon adreſſe & ſa naïveté !
Son œil étinceloit du feu de la gaîté :
Mais, rempli de l'objet qu'il avoit à nous peindre,
Sous un flegme éloquent il ſavoit la contraindre :
Au plaiſir qu'il donnoit, il ſavoit ſe borner,
Et ſans montrer le ſien, le laiſſoit ſoupçonner.

AINSI qu'un jour nouveau ſuit le jour qui s'efface,
Lorſqu'un talent s'éclipſe, un autre le remplace.

POISSON, qui ſi long-temps amuſa tout Paris,
Deſcendoit dans la tombe, eſcorté par les ris.
Préville vient, paroît ; ranime la Scene ;
Et Momus aiſément fait oublier Silene :
Préville ! ... ennuis, fuyez, fuyez, ſoucis affreux ;

Son nom eſt un ſignal pour r'allier les jeux.
Les Muſes m'ont appris qu'une douce démence,
Qu'un rire univerſel a fêté ſa naiſſance.
Mille Silphes légers ſoulevant le rideau,
Se jouoient & danſoient autour de ſon berceau.
Il reçut le grelot des mains de la Folie :
En bégayant encore, il vola vers Thalie ;
Pour lui ſeul la Nature eſt ſans déguiſement,
Comme la jeune Amante aux yeux de ſon Amant.
Acteur ingénieux, je te dois cet hommage :
Ainſi que nos plaiſirs, ces vers ſont ton ouvrage.
Que du Lierre immortel ton front ſoit décoré ;
Qui fait rire ſon ſiecle, en doit être adoré.

Pour les rôles d'Amant ſi l'inſtinct vous décide,
Servez-vous à vous-même & de Juge & de guide.
Dans cet emploi brillant peu d'acteurs ſont parfaits:
Avant que d'être aimés il leur faut des attraits,
Un abord ſéduiſant, un regard vif & tendre,
Un ſilence qui parle & qui ſe faſſe entendre,
Le ſon de voix touchant, le maintien gracieux,
L'art de flatter l'oreille, & de charmer les yeux.
Savez-vous ce que peut un éloquent ſourire ?
Tous ces riens de l'amour, ſavez-vous les bien dire ?
Pour le repréſenter, avez-vous ſes appas ?
Il enlaidit toujours ceux qu'il n'embellit pas.

Vous n'avez rien encore, & vous devez tout
    craindre,
Si vous ignorez l'art d'exprimer & de peindre,
De produire au dehors ces orages du cœur,
Ces mouvemens ſecrets, ces inſtans de fureur,
Ces rapides retours, cette brûlante ivreſſe,
Les tranſports de l'amour & ſa délicateſſe.
Un rôle eſt à la fois, tendre, emporté, jaloux,
Ces contraſtes frappans, il faut les rendre tous.

Paisible adorateur, là, bornez-vous à plaire :
Ici, que votre front s'enflamme de colere.
Sachez surtout, sachez comment, d'un œil serein,
On vient rendre un portrait, que l'on reprend soudain,
Comme on traite un Objet que l'on croit infidele ;
De quel air on lui jure une haine immortelle ,
Avec quelle contrainte on feint d'autres amours ;
Et comment on le quitte , en revenant toujours.

ÉVITEZ cependant une chaleur factice ,
Qui séduit quelquefois , & vit par artifice ,
Tous ces trépignemens & des pieds & des mains ,
Convulsions de l'art , grimaces de Pantins.
Dans ces vains mouvemens qu'on prend pour de la flâme ,
N'allez point sur la Scene éparpiller votre ame.
Ces gestes embrouillés , toujours hors de saison
Ne sont qu'un froid dédale , où se perd la raison.

UN Acteur * a paru plein d'ame & de finesse ;
Il sent avec chaleur , exprime avec justesse ,
Pour briller , pour séduire , il a mille secrets ,
Et créa des moyens , qu'on ne connut jamais.
Transportant dans son jeu l'ivresse de son âge ,
Il a sçu des Amans rajeunir le langage ,
Des Rôles langoureux anime la fadeur ,
Fait sourire l'esprit , & sçait parler au cœur.

AIMEZ-VOUS mieux jouer & corriger ces êtres ;
Automates brillans , qu'on nomme Petits-Maîtres ?
Portez la tête haute ; ayez l'air éventé ;

* M. Molé. Des graces, de l'aisance , beaucoup de naturel , une sorte de naïveté ingénieuse , sur-tout une sensibilité vive, tels sont les caracteres de son jeu.

La voix impérieuse, ou l'organe fluté ;
Que votre œil clignotant & foible, en apparence,
Sur les objets voisins tombe avec indolence :
Que tout votre maintien semble nous annoncer
Qu'au Sexe incessamment vous allez renoncer,
Que chaque jour pour vous fait éclore une intrigue,
Qu'un plaisir trop goûté dégénère en fatigue,
Et paroissez enfin, excedé de vos nœuds,
Accablé de faveurs, & bien las d'être heureux.

MAIS ce ton, ces dehors exigent de l'étude.
Pour contrefaire un Fat, il faut de l'habitude.
Voyez nos élégans, & nos gens du bel-air ;
C'est aux plaines du Ciel que se forme l'éclair ;
Allez, & parcourez ce magique Théatre
D'un monde qui se hait, & pourtant s'idolâtre.
Etudiez à fond l'art des frivolités,
Le savant persifflage & les mots usités ;
De vos cercles bourgeois franchissez les ténebres ;
Obtenez quelques mois de nos femmes célebres.
Leur entretien, utile à vos sens rajeunis,
Vous enluminera du moderne vernis ;
Instruisez-vous des soins, des égards que mérite
La Femme que l'on prend, & celle que l'on quitte ;
Dissertez sans objet, riez avec ennui ;
Le monde est vain & sot ; soyez sot avec lui ;
Et revenez, tout fier de cent graces nouvelles,
De leurs propres travers amuser vos modèles.
C'est ainsi que l'Abeille, aux approches du jour,
Moissonne les jardins & les prés d'alentour ;
Et, disputant la Rose au jeune Amant de Flore,
Lorsqu'elle a butiné les dons qu'il fait éclorre,
Revient dans son asyle obscur & parfumé,
Déposer le trésor du miel qu'elle a formé.

BARON jeune & fêté, dans ce monde frivole,

En fortant de la Scene , alloit jouer fon rôle.
L'ardente vanité fe difputoit fes vœux ;
C'étoit Agamemnon que l'on rendoit heureux.
Il confervoit fon rang aux pieds de fes maîtreffes ;
Et fe donna les airs de tromper des Ducheffes.

MAIS craignez d'abufer d'un confeil imprudent.
L'acteur n'eft plus qu'un fot , s'il devient impudent.
Notre foibleffe , à tort , le flatte & le ménage ,
Si la fatuité furvit au Perfonnage.
Votre état eft de plaire , & non de protéger ,
Redoutez le public ; il aime à fe venger.
Lorfqu'on veut s'élever , il faut favoir defcendre.
D'un puérile orgueil que pouvez-vous attendre ,
Quand le premier valet fe rit de vos hauteurs ,
Et va pour fon argent fiffler fes protecteurs ?

TOI qui prétends briller dans les fcenes burlefques,
D'un monde moins poli confulte les grotefques ,
De nos Originaux folâtre obfervateur ;
Joins l'étude du Sage aux talens de l'Acteur.
Viens , parcours tous les lieux où le Peuple déploie,
Autour d'un ais brifé , fon humeur ou fa joie.
Prends cette humble efcabelle , ofe & vuide avec lui
Ce broc de vin fameux , arrivé d'aujourd'hui.
De des mortels groffiers apprends l'art de nous plaire .
Tous leurs traits font frappans, & rien ne les altere.
Ici , c'eft un vieillard de rides fillonné ,
Et d'un effain d'enfans toujours environné ,
Courbant fon corps ufé fous un bâton ruftique ,
Il fe fait craindre encor par fa gaîté cauftique.
Chacun à fes dépens veut enfin s'égayer ;
Des rieurs prévenus il rit tout le premier.
Voyez-vous ce Silene , au dos rond & convexe ,
Heurter tous fes voifins de fon pas circonflexe ,
Injurier cet arbre , & , prêt à trébucher

Manquer toujours le but qu'il va toujours chercher
Plus loin, deux Champions furieux, hors d'haleine,
S'arment, les poings fermés, pour quelque grosse
        Helene,
Tel objet est choquant dans la réalité,
Qui plaît au Spectateur, s'il est bien imité.
Vadé, pour achever ses esquisses fidelles,
Dans tous les carrefours poursuivoit ses modeles ;
De ce costume agreste ingénu partisan,
Interrogeoit le Pâtre, abordoit l'Artisan.
Jaloux de la saisir sans masque & sans parure,
Jusques aux Porcherons il chercha la Nature.
Etoit-il au Village ? il en traçoit les mœurs :
Trinquoit, pour les mieux peindre, avec des Raco-
        leurs ;
Et, changeant, chaque jour, de ton & de palette,
Crayonna, sur un Port, Jerôme & Fanchonette.

   Ces aimables Mortels dont les noms adorés
Sont, aux fastes des jeux, pour jamais consacrés ;
Arbitres délicats des plaisirs de l'autre âge,
De la divine Orgie avoient admis l'usage ;
Chez les Aubry du temps passoient les jours entiers ;
Et puisoient dans le vin l'oubli des Créanciers.
Craignez de travestir, Baladins subalternes,
Ces Libertins titrés, en Buveurs de Tavernes ;
Faites-en des Chaulieux & des Anacréons,
A qui tous les Amours ont servi d'Echansons.
Que toujours à travers les brouillards de l'ivresse,
Malgré tous vos écarts le Courtisan paroisse,
Et ne confondez point, dans vos pesans croquis ;
Le délire d'un Rustre & celui d'un Marquis.

   Bellecourt, de ces traits a saisi la finesse :
Son bacchique enjoûment n'est jamais sans noblesse,
Soit que, quittant la table encor tout délabré,

D'un effain de buveurs il revienne entouré,
Etourdir un Vieillard par des discours fans fuite ;
Et lui balbutier des leçons de conduite ;
Ou foit que plus raffis , & gaîment indifcret ,
Il démafque en riant l'Ufurier Turcaret.

Vous que l'âge a mûris & rendus plus févéres ,
Effayez vos talens dans les rôles de Peres.
C'eft là , qu'enfin Thalie ofe élever la voix ,
Et que le cœur ému peut reprendre fes droits :
Acquerez ce maintien , ce débit plein d'aifance ,
Et ces tons affurés , fruits de l'expérience.
Soyez dur , inquiet ; défiant dans Simon ,
Dans Licandre impofant , tendre dans Euphemon.
Modérez votre voix , qu'elle parte de l'ame :
Il faut que fans éclats votre jeu nous enflâme :
D'un gefte toujours fimple appuyez vos difcours ;
L'augufte vérité n'a pas befoin d'atours.
Si cependant un fils contre lui vous anime ,
Eclatez , foyez ferme , éloquent & fublime.
Offrez-nous à l'afpect de ce fils criminel ,
Toute la majefté du courroux paternel ,
Excitez les fanglots , faites couler les larmes ;
De la Nature en pleurs déployez tous les charmes ;
Tranfmettez-nous votre ame , & que le Spectateur
Puiffe applaudir au Pere , en oubliant l'Acteur.

Vous Reines du Théâtre où l'Amour vous appelle,
L'orgueil de vous inftruire a réveillé mon zele.
Je n'ai point , au hazard , confondu mes couleurs ;
Œconome prudent , j'ai réfervé les fleurs.
Mufe , couronne toi d'une palme nouvelle :
La beauté te fourit , il faut chanter pour elle.
Pour t'en faire écouter , forme de plus doux fons ,
Elle veut des confeils , & non pas des leçons ,
On ne peut l'éclairer , quand on ne peut lui plaire.

Dirige ſes talens ; mais d'une main légere.
C'eſt ainſi que l'on voit les flexibles cizeaux
De l'arbre aux fruits dorés arrondir les rameaux.

ŒIL ruſé, taille leſte, & langues indiſcrettes,
Ce qu'il faut aux Valets, il le faut aux Soubrettes.
Par l'organe ſur-tout elles doivent briller,
Agir preſque toujours & toujours babiller;
Ou du moins, ſe taiſant avec inpatience,
Par un geſte indiſcret échauffer leur ſilence.
Qu'elles ſe gardent bien de charger leurs tableaux;
Nous voulons des Teniers & non pas des Calots.
Le vain effort de l'Art annonce une ame aride.
Alors qu'il eſt contraint, le rire eſt inſipide.
Camille, aux yeux charmés de zéphire ſurpris,
Couroit ſur les moiſſons ſans courber les épis.

AH! ſi la Scene encore offroit à notre vue
Cette Actrice adorée & trop tôt diſparue,
Qui par ſon enjoument ſavoit tout animer,
Et que, pour ſon éloge, il ſuffit de nommer!..
Je vous dirois ſans ceſſe ayez les yeux ſur elle,
Et je croirois tout dire, en l'offrant pour modele.

Il me ſemble la voir, l'œil brillant de gaîté,
Parler, agir, marcher avec légéreté,
Piquante ſans apprêt, & vive ſans grimace,
A chaque mouvement acquérir une grace,
Sourire, s'exprimer, ſe taire avec eſprit,
Joindre le jeu muet à l'éclair du débit,
Nuancer tous ſes tons, varier ſa figure,
Rendre l'art naturel, & parer la Nature.
Vous qu'elle-même invite à marcher ſur ſes pas,
Emules en talens, rivales en appas,
Luzzi, jeune Fanier, volez dans la carriere;
L'Amour en ſouriant vous ouvre la barriere;

Treſſe un myrthe nouveau pour orner vos attraits,
Et bat des mains lui-même, en voyant vos ſuccès.

PARIS, à chaque pas, nous offre cent Coquettes,
Ivres d'un fol encens, volages, indiſcrettes :
O vous, qui ſous leurs traits voulez nous enflâmer,
A jouer leurs travers, l'art ſeul peut vous former ;
Attendez que le temps, maître tardif & ſage,
Du monde & des plaiſirs vous ait appris l'uſage ;
Saiſiſſez la ſaiſon de la maturité,
Ce moment dangereux, le ſoir de la beauté,
Ce moment, où les cœurs ne cédent qu'à l'a-
　　dreſſe.
L'amour eſt un enfant qu'amuſe la Jeuneſſe :
A dix-huit ans, à vingt, on peut le retenir ;
Mais, à trente, on l'ennuie ; il faut le conquérir,
Pour ce fameux exploit il eſt mille artifices,
Et le jeu des vapeurs & celui des caprices,
D'un geſte ou d'un ſouris combinez la valeur :
Commandez à vos yeux de feindre la douleur,
Le plaiſir, le dédain, & la mélancolie,
La raiſon quelquefois, plus ſouvent la folie :
Et vous viendrez alors reproduire à nos yeux,
L'Amante qui d'Alceſte a captivé les vœux.

COMBIEN dans ces tableaux, me ſemble intéreſ-
　　ſante
Cette Actrice *, à la fois, noble, ſage & décente,
Qui ſçait tout détailler, & ne refroîdit rien :
Aſſujettit au goût ſes tons & ſon maintien,
Et qui, fidele au vrai, ſans nuire au vraiſemblable,
Toujours ingénieuſe, eſt toujours raiſonnable.

* Madame Préville, ſupérieure dans le Comique
noble. On croit voir une femme de qualité qui s'a-
muſe à jouer la Comédie.

MOISSONANT vos attraits, si l'inflexible temps
A déjà loin de vous emporté le printemps,
N'allez point dédaigner nos froides Céliantes,
Et nos Escarbagnas, & nos vieilles Amantes.
Tous ces rôles, choquans, s'ils n'ont l'appui du jeu,
Sous les traits de Gauthier † ont fixé notre aveu.
Vous y pouvez de l'art déployer les richesses :
Leurs traits sont plus marqués, mais ils ont leurs
   finesses.
Affectez quelquefois un sourire enfantin ;
Qu'une rose en bouton parfume votre sein,
Et, de quelques pompons ornant votre coëffure,
De la beauté naissante empruntez la parure.
Mais, pour nous égayer, ne nous révoltez pas ;
N'enrubanez point trop vos burlesques appas.
Dans vos plus grands excès soyez prudente & sage ;
Baissez de vos cheveux le double ou triple étage,
Elaguez ce panier, rognez cet éventail,
Et n'ayez point enfin l'air d'un épouvantail.

LES rôles ingénus veulent de la décence.
L'actrice s'embellit par un air d'innocence.
L'amour doit y briller, mais doux & désarmé :
Songez qu'il vient de naître, & qu'il n'est point
   formé.
Le Soleil, en naissant, n'échauffe point encore,
Et semble se jouer sur les monts qu'il colore ;
Exprimez dans vos yeux l'enfance du desir,
Et d'un cœur étonné qui s'éveille au plaisir.
Il faut que votre voix, en peignant votre flâme,
En sons mélodieux se fasse entendre à l'ame.
Offrez-nous, s'il se peut, ce timide embarras
Que donne la Nature, & qu'on n'imite pas,

† *Aujourd'hui Madame Drouin, Actrice pleine
d'esprit & d'intelligence. Elle a succédé à Mlle. La-
motte dans les rôles de caractere.*

Ce front baissé toujours , & qui rougit sans cesse
Cette grace naïve , atour de la jeunesse :
Ah ! ne l'offusquez point par de vains ornemens.
Une rose suffit pour orner le Printemps.

Nous représentez-vous la tendre Zénéïde ,
Qui s'indigne & gémit sous un masque perfide
Marquez-nous ce dépit & ce ressentiment :
C'est une Nymphe en pleurs qu'outrage son Amant
Qui résiste , qui craint de le voir infidelle ,
Qu'il soupçonne être laide , & qui sait qu'elle e
                belle.
Quel voile peut cacher ces douloureux combats
Et l'orgueil d'une Amante , & sur-tout ses appas
Que votre jeu soit vif , qu'il peigne vos allarmes
& qu'à travers le masque , on découvre vos charmes
Dans Lucinde sur-tout variez vos tableaux :
Chaque Scene y produit des sentimens nouveaux.

Quel souvenir cruel se mêle à ces images !
Le talent qui n'est plus , veut encor des hommages.
Tendre Guéant * , mon cœur ne t'oubliera jamais.
Puissé-je dans mes vers ranimer tes attraits !
Combien elle étoit simple , intéressante & belle
Amour , tu t'en souviens , tu lui restas fidelle.
La douce illusion accompagnoit ses pas :
Les Graces l'inspiroient , & ne la quittoient pas.
Amour , graces , beauté , rien ne la put défendre :

* On sera peut-être surpris de ne pas trouver
ici le nom de Mademoiselle Gaussin qui excelloit
dans les rôles dont il s'agit. J'ai craint la mo-
notonie de la louange répétée. Mlle. Guéant n'é-
toit que l'Eleve de cette Actrice célebre , mais promettoit de devenir sa rivale. Un organe enchanteur ,
une figure charmante , toute la séduction de l'ingé-
nuité , tels furent ses titres , & les motifs de mes
éloges.

a tombe s'entr'ouvrit , il y fallut descendre.
Ainsi l'étoile brille , & bientôt à nos yeux ,
a mourantes clartés semble quitter les cieux.
Que dis-je ? elle respire : il est d'heureux ombrages ,
Asyles des Héros , des Belles & des Sages.
Sous ces berceaux rians & fermés aux douleurs ,
Près de Ninon peut-être elle cueille des fleurs :
Peut-être qu'à Maurice , * élevé sur un Trône ,
De Myrthe & de Lauriers elle offre une couronne,
Le rappelle des vers , qu'il lui fait déclamer ;
Et n'envie aux mortels que le plaisir d'aimer . . .

MAIS quoi ! quelle beauté s'avance sur la Scene !
Le Sentiment conduit sa démarche incertaine.
Sa voix se développe en sons doux & flatteurs ;
Son œil est un rayon qui luit au fond des cœurs.
Sur ce front ingénu quelle grace enfantine !
C'est la naïve Hébé qui sourit & badine :
C'est la Rose qui naît , qui va s'épanouir ,
Lentement se déploie , & craint de s'entr'ouvrir :
Charmante Doligni , puis-je te méconnoître ?
Toi , si chere à l'amour que tu braves peut-être,
Poursuis ; ce Dieu léger qui brigue tes faveurs ,
Séduit par les attraits , est fixé par les mœurs.

L'ART n'est point dégradé , lorsqu'il se multiplie
On éleve par-tout des Temples à Thalie.
Vous , qui nous amusez par d'utiles travaux ,
Dans un monde brillant vous trouvez des Rivaux,
Quel triomphe pour vous ! sous ces lambris tran-
quilles ,
Où la grandeur s'échappe & s'enfuit loin des Villes ;
Dès que Flore , a près d'elle , assemblé les Zéphirs,
Mille jeunes beautés qu'unissent les plaisirs ,

* Le Maréchal de Saxe.

Au grand jour du Théatre ofant rifquer leurs charmes
Y favent exciter ou les ris ou les larmes.
Aux agrémens naïfs de la fimple gaîté,
L'une a fçu de fes traits plier la majefté ;
Et, lorfqu'elle defcend aux jeux de la folie,
L'œil la prend pour Venus, l'oreille pour Thalie
L'autre vive, légere, un panier à la main,
Retrace à nos regards l'Amante de Lubin ;
Ou plutôt ; à cet air qui plaît fans impofture,
Sous le chapeau d'Annette, on croit voir la Nature

LA Scene quelquefois raffemble deux Amans
Gênés dans leurs defirs, & dans leurs fentimens.
Voyez comme leur joie éclate & fe décele ;
Voyez quel doux rayon dans leurs yeux étincele
Malgré l'aimable Dieu, qui feul les fait agir,
Commandez par leur rôle, ils n'ont point à rougir
Ils peuvent librement, fans craindre pour leur flâme
Se parler en public des fecrets de leur ame.
Ce n'eft que pour eux feuls que brille un fi beau
　　　jour ;
Et la décence même applaudit à l'Amour.

LE plaifir m'égaroit : la raifon me ramene.
Mufes, dont le pinceau peut enrichir la Scene,
Joignez à mes effais vos efforts plus certains.
Pour former des Acteurs, il faut des Ecrivains.
Tel qui, depuis long-temps, rampoit foible &
　　　timide,
Dans des rôles nouveaux a pris un vol rapide.
Remettez fous nos yeux le tableau de nos mœurs ;
Badinez avec nous pour nous rendre meilleurs.
Qui retient vos crayons ? Quels feroient vos fcru-
　　　pules ?
Moliere eft fous la tombe, & non les ridicules.
Oui, chaque âge a les fiens vrais, caractérifés ;

Ceux-là font apparens, ceux-ci mal déguiſés.
Il faut leur arracher cette enveloppe obſcure ;
Il faut à chaque ſiecle aſſigner ſa figure :
Avec des traits divers, le nôtre a ſes Orgons,
Il a ſes Impoſteurs, il a ſes Harpagons,
La Nature, en créant, toujours ſe renouvelle :
Les vices, les travers ſont variés comme elle.
Obſervez, parcourez & la Ville & la Cour :
Dans nos cœurs, en riant, venez porter le jour :
Quel léger tourbillon, va, vient, revient & roule,
Dieux! que d'Originaux ſe préſentent en foule !
Voyez-vous celui-ci que l'on vient d'empâter,
Dans ſon faſte bourgeois tout honteux d'exiſter :
Cet autre, embarraſſé de ſa vaine richeſſe,
Qui cherche en vain ſes ſens uſés par la molleſſe :
S'ennuie au ſein des Arts qu'il raſſemble à grands
           fraiſ,
Dîne, ſoupe, s'endort au ſon des clarinets,
A ſa meute, ſa troupe, & ſur-tout ſa muſique,
Fatigue, tout le jour, ſon ame léthargique,
Et retombe le ſoir, en bâillant de nouveau,
Sur un lit d'édredon, qui lui ſert de tombeau ?
Tranſportez à nos yeux la jeune Courtiſanne,
Qui, fille de l'Amour, le ſert & le profane,
Avec grace ſourit, intrigue ſavamment,
Déſeſpére avec art & trahit décemment.
Ce Protecteur banal entouré de Therſites,
Et qui pour ſes amis compte ſes Paraſites ;
Ou ce préſomptueux, ivre de ſes talens,
Qui regarde en pitié juſqu'à ſes Partiſans ;
Er d'un œil prophetique, où le dédain repoſe,
Dans les ſiecles futurs lit ſon apothéoſe.
Alors je cueillerai le fruit de mes leçons.
Qu'un Moliere s'éleve, il naîtra des Barons.

✳

L'OPÉRA,

CHANT TROISIEME.

DESCENS, viens m'inspirer, savante Polymnie,
Viens m'ouvrir les trésors de l'auguste harmonie.
Tu m'exauces : déjà tous les Chantres des bois,
Te saluant en chœur, accompagnent ma voix.
L'Onde de ces ruisseaux plus doucement murmure :
Zéphir plus mollement frémit sous la verdure.
Les Roseaux de Syrinx, changés en Instrument,
Vont moduler des airs sous les doigts d'un Amant.
Cet arbuste plaintif, cette grotte sonore :
La parole n'est plus, & retentit encore.
Dans le calme enchanteur d'un loisir studieux ,
O Déesse ! j'entends la Musique des Cieux ,
La Terre a ses accens, & les airs lui répondent ;
Les Astres dans leurs cours jamais ne se confondent.
Les Mondes , entraînés par leurs ressorts secrets,
Toujours en mouvement , ne se heurtent jamais.
Paroissant opposés, ils ont leur symphathie :
Dans l'accord général , chacun a sa partie :
Et les Etres entr'eux, par ton art créateur ,
Forment un grand concert , digne de leur Auteur.

MAIs daigne enfin , quittant cette sphere hardie ,
Assigner des leçons à notre mélodie.

Partie III.   E

De la Scene lyrique, objet de mes travaux,
Etale à mes regards les magiques tableaux.
Dis-moi par quels secours, le chant plein de ta
        flamme,
Peut s'ouvrir par l'oreille un chemin jusqu'à l'ame ;
Ce qu'il doit emprunter, pour accroître son feu,
De l'esprit, de la force, & des graces du jeu.

   Vous qui sur ce théatre oserez vous produire,
Reçutes-vous des traits assortis pour séduire ?
N'allez point, sur la Scene usurpant un Autel,
Y faire huer un Dieu sous les traits d'un Mortel.
Le monde où vous entrez est peuplé de Déesses :
L'Amour, en folâtrant, y choisit ses Prêtresses.
Avec des traits flétris, un teint jaune & plombé,
Pourrez-vous, sans rougir, prendre le nom d'Hébé ?
D'un œil indifférent verrai-je une mulâtre
Appliquer à Vénus sa couleur olivâtre ;
Dans un char transparent, par des Cignes traîné,
Fendre les airs, aux yeux de Paphos étonné ;
Et rappeller en vain cet enfant volontaire,
Qui s'est allé cacher à l'aspect de sa mere ?
Que Flore, à mes regards n'ose jamais s'offrir ;
Sans me faire envier le bonheur du Zéphir :
Sa bouche, au doux souris, doit être aussi ver-
        meille,
Que les boutons de rose, épars dans sa corbeille.
L'Amante de Titon, pour fixer nos amours,
Doit avoir la fraîcheur du matin des beaux jours ;
Et, sous les pampres verds dont Bacchus se cou-
        ronne,
Le plaisir doit briller dans les yeux d'Erigone.

   Que la taille & le port soient toujours adaptés
Aux rôles différens que vous représentez.
Des Colosses hautains, dont l'Amour fuit les traces

Pourront-ils badiner fous le corfet des Graces ?
La Naine pourra-t-elle, avec l'air enfantin,
Me retracer Pallas une lance à la main ;
Et l'orgueil menaçant d'une Reine en colere
Conviendra-t-il au front d'une fimple Bergere ?

SACHEZ, quand il le faut, varier votre ton,
Sévere dans Diane, emporté dans Junon.

VOUS fur-tout qui voulez, dans vos fureurs
        lyriques,
Reffufciter pour nous ces Paladins antiques,
Tous ces illuftres foux, ces héros fabuleux ;
Soyez, à nos regards gigantefques comme eux.
C'eft peu de m'étaler une jeuneffe aimable ;
Je hais un Amadis, s'il n'eft point formidable.
Quand Roland déracine en fes fougueux accès,
Ces chênes orgueilleux, ornemens des forêts ;
Je veux que, déployant une haute ftature,
Il enrichiffe l'art des dons de la Nature :
S'il n'en impofe point à l'œil du Spectateur,
Si je ne confonds point le modele & l'Acteur,
D'un tableau fans effet bientôt je me détache ;
Je ne vois qu'un enfant, caché fous un panache,
Et dont le foible bras, jouant de l'efponton,
Renverfe, avec fracas, des arbres de carton.
En vain, fon œil menace, & fa main eft armée ;
Je cherche le Héros, & je ris du Pigmée.

PAR la feule raifon mon efprit enchanté,
Cherche dans le preftige un air de vérité.

POUR nous rendre les traits d'Adonis ou d'Alcide,
Le genre de vos voix peut vous fervir de guide.
Des fons frêles & doux feroient choquans & faux,
Dans la bouche du Dieu qui gourmande les flots ;

Ces organes font faits pour briller dans des fêtes ;
C'eft d'un ton foudroyant que l'on parle aux tem-
            pêtes.
Quand les vents déchaînés mugiffent une fois,
Ils ne s'appaifent point avec des ports de voix,
Et Jupiter lui-même, armé de fon tonnerre,
Se verroit, dans fa gloire, infulté du Parterre,
S'il venoit, s'annonçant pat un timbre argentin,
Prononcer en fauffet les arrêts du deftin.

MAIS c'eft peu de la voix, c'eft peu de la figure,
Si vous ignorez l'art d'achever l'impofture ;
De parer ces préfens, d'y joindre l'action,
Et cette vérité, d'où naît l'illufion.
Dans ce reffort trop dur mettez plus de molleffe :
Ces mufcles trop tendus ont befoin de foupleffe ;
La grace & la beauté d'un Athlete vainqueur
Sont dans l'ufage adroit de fa mâle vigueur.
Faites-vous, il le faut, une fecrette étude,
De chaque mouvement & de chaque attitude :
Inftruits par la Nature, apprenez à l'orner ;
Sur le Théatre enfin fachez vous deffiner.

C'EST par-là que Chaffé régna fur votre Scene :
Et partage le trône, où s'affied Melpomene.

PRETE à favorifer vos utiles efforts,
La Peinture a pour vous déroulé fes tréfors.
Des grands Maîtres de l'art confultez les ouvrages,
Voyez-y nos Héros vivre dans leurs images.

L'UN, pâliffant de rage, arrachant fes cheveux,
Semble frapper la terre, & maudire les Cieux :
L'autre, plus recueilli, dans fes fombres allarmes
De fon œil confterné laiffe tomber des larmes.
Ici c'eft un amant vengeant fes feux trahis :

Là , c'eſt un Pere en pleurs qui réclame ſon fils.
Dans ſa noble fureur , voyez comment Achille
Eſt fier & menaçant , quoiqu'il reſte immobile :
Quelle ame dans ce calme & quel emportement ?
Chaque fibre , à mes yeux , exprime un ſentiment.
Mars auprès de Vénus cherche envain ſon audace :
La Fureur diſparoît , & l'Amour la remplace.
Entre des bras d'albâtre , à tout moment , preſſé ,
Sur le ſein qu'il careſſe il languit renverſé ;
Son regard eſt brûlant , ſon ame eſt éperdue :
Aux levres de Cypris ſa bouche eſt ſuſpendue.
Et de ſon œil guerrier , où brillent les deſirs ,
Coulent ces pleurs ſi doux , que l'on doit aux
    plaiſirs.

Du charme des couleurs qui pourroit ſe défendre ?
Séduite par les yeux , l'oreille croit entendre ;
C'eſt quand l'Acteur peint bien , que nous l'ap-
    plaudiſſons.
Raphaël & Rubens vous traçoient des leçons ,
Et les fruits de leur art , vrai dans ſon impoſture ,
Sont des vols que leurs mains ont fait à la Nature.

Lorsqu'un Chantre fameux, une lyre à la main,
Déployoit des accords le pouvoir ſouverain ,
Et , par une harmonie ou belliqueuſe ou tendre ,
Maîtriſoit le génie & l'ame d'Alexandre ,
Echauffoit ſes tranſports , l'enivroit , tour-à-tour ,
De douleur , de plaiſir , de vengeance & d'amour ,
Lui faiſoit à ſon gré prendre ou quitter les armes ,
Pouſſer des cris de rage , ou répandre des larmes ,
Rallumoit ſa fureur contre Perſépolis ,
Ou le précipitoit ſur le ſein de Thaïs ,
Puis-je croire qu'alors ſon front , ſans énergie ,
De ſes divers accents n'aidât point la magie ?
Ses regards tour-à-tour altiers , ſombres , touchans,

Peignoient les passions, mieux encor que ses chants ;
Dans tous ses mouvements respiroit le délire :
Son geste, son visage accompagnoit sa lyre ;
Et de son action l'éloquente chaleur
Transmettoit à ses sons la flâme de son cœur.

L'ORGANE le plus beau, privé de cette flâme,
Forme un stérile bruit, qui ne va point à l'ame.

QUE l'organe pourtant ne soit point négligé ;
Cet utile ressort veut être dirigé ;
La Nature le donne, & l'art sçait le conduire,
L'affoiblir ou l'enfler, l'étendre ou le réduire.
Insinuant & doux, quand il faut demander ;
Terrible & véhément, quand il faut commander ;
Sourd dans le désespoir, sonore dans la joie,
Tantôt il se renferme & tantôt se déploie.
Le ton est tyrannique : il s'y faut asservir ;
Mais les inflexions doivent vous obéir.
Selon que l'ame souffre ou que l'ame est contente,
L'inflexion doit suivre ou vive ou gémissante.
Des sons autour de nous éclatent vainement ;
Leur plus douce magie est dans le sentiment :
Le sentiment fait tout : c'est lui qui me reveille ;
Par lui, l'ame est admise au plaisir de l'oreille ;
Et je place l'acteur privé d'un si beau don,
Au-dessous du flutteur, instruit par Vaucanson.

NOTRE goût, plus superbe avec plus de justesse,
De nos récitatifs accuse la tristesse ;
Ces modulations, dont le refrein glacé
Semble un hymne funebre au sommeil adressé.
Le vrai récitatif, sans appareil frivole,
Doit marcher, doit voler, ainsi que la parole.
Pour lier l'action ce langage est formé,
Et veut être chanté, bien moins que déclamé.

Pourquoi donc tous ces cris , ces inflexions lourdes ,
Ces accens prolongés fur des fyllabes fourdes ,
Ces froids glapiffemens , qu'on fe plaît à filer ?
Ceffez de m'étourdir , quand il faut me parler.

Quittez cet attirail, cette infipide emphafe ,
L'écueil de notre chant , loin d'en être la bafe ;
Et ne vous piquez plus du fol entêtement
D'endormir le Public mélodieufement.
La célebre le Maure , honneur de votre Scene ,
Afferviffoit Euterpe aux loix de Melpomene.
Elle phrafoit fon chant , fans jamais le charger :
Ce qui languiffoit trop , elle ofoit l'abréger.
Ce long récitatif , où l'Auditeur fommeille ,
Fixoit l'efprit alors , en careffant l'oreille ,
Et le Drame lyrique , aujourd'hui fi traînant ,
Avec légéreté marchoit au dénoûment.

RÉSERVEZ , réfervez la pompe muficale ,
Pour ces morceaux marqués , où l'organe s'étale ;
Où l'ame enfin s'échappe aux fons plus véhémens ,
Et donne un libre effor à tous fes fentimens.
Que vos inflexions foient alors foutenues :
Laiffez-les expirer en de longues tenues ;
Prodiguez le point d'orgue & les coups de gofier ;
Le Public les exige , & va s'extafier ;
Mais dans tous ces détours d'un dédale perfide ,
Que le motif de l'air foit toujours votre guide.
C'eft ainfi qu'un Sculpteur , à qui l'art eft connu ,
Sous le voile toujours fait foupçonner le nû.

DANS ce fracas lyrique & ce brillant délire ,
Par un maintien forcé n'apprêtez point à rire.
Craignez de vous borner à des fons éclatans ;
Et gardez que vos bras , fufpendus trop long-temps ,
Comme deux contrepoids , qu'en l'air un fil balance ,

E 4

Attendent, pour tomber, la fin d'une cadence.

Sans doute par le chant vous devez nous charmer;
Mais c'eſt au jeu ſur-tout que je veux vous former.

Toi, qui veux t'emparer des rôles à baguette,
Si tu n'as pour talent qu'une audace indiſcrette ;
Pourras-tu, l'œil en feu, bouleverſer les airs,
Faire pâlir Hécate, enfler le ſein des mers,
Et, perçant de Pluton le ténébreux domaine,
A tes Dragons aîlés parler en Souveraine ?
Tes yeux me peindront-ils la rage & la douleur ?
Pour évoquer l'Enfer, il faut de la chaleur.
Ne va point imiter ces Sorcieres obſcures,
Qui n'ont rien d'infernal, ſi ce n'eſt leurs figures,
Menacent ſans fureur, s'agitent ſans tranſport ;
Et dont le moindre geſte eſt un pénible effort.
Siſyphe, à leur aſpect, & tranſit & ſuccombe :
De ſes doigts engourdis ſa roche échappe, tombe :
Et l'ardent Ixion, ſurpris de friſſonner,
Sur ſon axe immobile a ceſſé de tourner.

Il faut que, dans ſon jeu, la redoutable Armide
M'attendriſſe à la fois, m'échauffe & m'intimide.

Dans ces riants Jardins Renaud eſt endormi.
Ce n'eſt plus ce guerrier, ce ſuperbe ennemi,
Ombragé d'un panache & caché ſous des armes,
C'eſt Adonis qui dort, protégé par ſes charmes.
Armide l'apperçoit, jette un cri de fureur,
S'élance, va percer ſon inflexible cœur.
O changement ſoudain, elle tremble, ſoupire,
Plaint ce jeune Héros, le contemple & l'admire.
Trois fois, prêt à frapper, ſon bras s'eſt ranimé,
Et ſon bras par ſes yeux eſt trois fois déſarmé.
Son courroux va renaître & va mourir encore :

Elle vole à Renaud , le menace , l'adore ,
Laisse aller son poignard , le reprend tour-à-tour,
Et ses derniers transports font des transports d'a-
mour.

QUE ces emportemens font mêlés de tendresse !
Quel contraste frappant de force & de foiblesse !
Que de soupirs brûlans ! que de secrets combats !
Que de cris & d'accens , qui ne se notent pas.
A l'ame seule alors il faut que j'applaudisse :
La Chanteuse s'éclipse , & fait place à l'Actrice.
Il échappe souvent des sons à la douleur,
Qui font faux à l'oreille & font vrais pour le cœur.

QUAND de Psyché , mourante au milieu de l'orage,
Arnould * les yeux en pleurs me vient offrir l'image,
Et frémit sous la nue , où brillent mille éclairs ,
Puis-je entendre sa voix , dans le fracas des airs ?
J'aime à voir son effroi , lorsque la foudre gronde,
Et ses regards errans sur les gouffres de l'Onde ;
Ses sons plaintifs & sourds me pénétrent d'horreur ;
Et son silence même ajoute à ma terreur.
Grace à l'illusion , je sens trembler la Terre ;
Cet airain , en roulant , me semble un vrai tonnerre,
Ces flots que l'Art souleve & sçait assujettir ,
Sont des flots écumans tout prêts à l'engloutir ;
Et , lorsque le flambeau des pâles Euménides
Eclaire son désordre & ses graces timides ,
J'éprouve sa frayeur , je frissonne , & je croi
Entendre tout l'Enfer rugir autour de moi.

TELLE est du grand talent la puissante féerie ;
Il rend tout vraisemblable , il donne à tout la vie ;
Il embrasse la Scene , & , pour donner des loix ,
A peine a-t-il besoin du secours de la voix.

COMMENT à ses effets pourroit oser prétendre

* La seule Actrice de l'Opéra.

E 5

Celle qui, par momens, intéressante & tendre,
Sensible par corvée, & folle par état,
Quand son air est chanté, sourit au premier Fat,
Provoque les regards, va mandier l'éloge
De ce jeune Amateur endormi dans sa loge ;
Et, le cœur gros encor, l'œil de larmes trempé,
Arrange, en minaudant, tout le plan d'un soupé.

QUE jamais votre esprit ne soit hors de la Scene ;
Que votre œil au hazard jamais ne se promene.
Oubliez des balcons ces muets entretiens ;
Vos regards sont distraits, ils détournent les miens
Puis-je être intéressé, quand vous cessez de l'être ?
Et sans un froid mortel puis-je voir reparoître
L'Automate chantant, dont les yeux libertins
Sont en correspondance avec tous leurs voisins ?

MAIS vous qui dans nos chœurs prétendus harmo-
niques,
Venez nous étaler vos masses organiques,
Et, circulairement rangés en espalier
Détonnez de concert pour mieux nous ennuyer ;
Vous verrai-je toujours, l'esprit & le cœur vuides,
Hurlant, les bras croisés, vos refreins insipides ?
Vous est-il défendu de peindre dans vos yeux,
Ou la tristesse sombre ou les folâtres jeux ?
Pour célébrer Vénus, Cérès, Flore, & Pomone,
Lorsque le tambourin autour de vous résonne ;
Sous des berceaux de fleurs lorsque d'heureux Amans
Entrelacent leur chiffre, & gravent leurs sermens ;
Ou que l'ardent vainqueur de l'Indus & du Gange,
Une coupe à la main préside à la vendange ;
Quand tout est rayonnant du feu de la gaîté,
De quel œil soutenir votre immobilité ?
Vous gâtez le tableau qui par vous se partage ;
De grace, criez moins, & sentez davantage ;

Et que l'on puiſſe enfin ſur vos fronts animés ,
Trouver le ſens des vers , par la voix exprimés...

LA Scene s'embellit : ſur des bords ſolitaires ,
Je vois ſe réunir des groupes de Bergeres.
Des Bergers amoureux ont volé ſur leurs pas ;
Apollon les appelle à d'aimables combats.
Des guirlandes de fleurs ont paré ces muſettes.
Cent touffes de rubans décorent ces houlettes :
Déjà de l'art du chant on diſpute le prix ,
Les Juges ſont Églé , Silvanire , Cloris ;
C'eſt dans leurs jeunes mains que brille la couronne ,
C'eſt le goût qui l'obtient , & l'amour qui la donne.

LE goût ſeul dans ce genre aſſure vos ſuccès ;
Ou Nymphes ou Bergers , vous ne plairez jamais ,
Sans ce taɛt délicat , cette ſubtile flâme ,
Myſtere pour l'eſprit & délice de l'ame.

TU lui dois ton génie , ô toi , Chantre adoré ,
Toi * , moderne Linus , par lui-même inſpiré.
Que j'aimois de tes ſons l'heureuſe ſymétrie ,
Leur accord , leur divorce & leur œconomie !
Organe de l'Amour auprès de la Beauté ,
Tu verſois dans les cœurs la tendre volupté.
L'Amante en vain s'armoit d'un orgueil inflexible :
Elle couroit t'entendre & revenoit ſenſible.
Plus d'une fois le Dieu qui préſide aux ſaiſons ,
Qui fait verdir les prés & jaunit les moiſſons ,
Las du céleſte ennui , jaloux de nos hommages ,
Sous les traits d'un Berger parut dans nos bocages:
Sous ces humbles dehors , heureux & careſſé ,
Il retrouva les Cieux dans les regards d'Iſſé ;
Et , goûtant de deux cœurs la douce ſympathie ,
Fut Dieu plus que jamais dans les bras de Clithie.

* Géliotte.

E 6

C'eſt lui ſans doute encor qui vient, changeant
     d'Autels,
Amuſer, ſous tes traits, & charmer les Mortels.

Vous, qui voulez ſortir de la foule profane,
Comme lui cultivez & domptez votre organe ;
Corrigez-en les tons aigres, peſans où faux ;
En graces, comme lui, transformez vos défauts.

PRÉTENDEZ-VOUS m'offrir le lever de l'Aurore ?
Que votre foible voix par degré ſemble éclore ;
Et, ſoudain déployée en ſons vifs & brillans,
Me retrace du jour les feux étincelans.
De l'Amour qui gémit qu'elle exprime les peines,
Se joue avec ſes traits, & roule avec ſes chaînes.
Peignez-vous un ruiſſeau ? que vos ſons amoureux
Coulent avec ſes flots, & murmurent comme eux.

RÉPANDEZ ſur vos tons une aimable moleſſe :
D'un organe d'airain ſoumettre la rudeſſe,
A chanter les plaiſirs & les ris ingénus
C'eſt donner à Vulcain l'écharpe de Vénus.
Tel Acteur s'applaudit & ſe croit ſûr de plaire
Qui d'une voix tonnante aborde une Bergere.
A peine dans ſon Art il eſt initié ;
Et c'eſt en mugiſſant qu'il me peint l'amitié.
Mettez dans votre chant d'inſenſibles nuances ;
Des airs lents ou preſſés marquez les différences.
Ce paſſage eſt frappant & veut de la vigueur :
Là, que l'inflexion expire avec langueur ;
Et que par le ſuccès votre voix enhardie
Ajoûte, s'il ſe peut, à notre mélodie.

DIVINE mélodie, ame de l'Univers ;
De tes attraits ſacrés viens embellir mes vers :
Tout reſſent ton pouvoir ; ſur les mers inconſtantes

Tu retiens l'Aquilon dans les voiles flottantes.
Tu ravis, tu foumets les habitans des eaux;
Et ces hôtes aîlés qui peuplent nos berceaux.
L'Amphion des forêts, tandis que tout fommeille,
Prolonge en ton honneur fon amoureufe veille ;
Et feul, fur un rameau, dans le calme des nuits,
Il aime à moduler fes douloureux ennuis.
Tes loix ont adouci les mœurs les plus fauvages,
Quel antre inhabité, quels horribles rivages
N'ont pas été frappés par d'agréables fons ;
Le plus barbare écho répéta des chanfons.
Dès qu'il entend frémir la trompette guerriere,
Le Courfier inquiet leve fa tête altiere,
Hennit, blanchit le mords, dreffe fes crins mouvans,
Et s'élance aux combats, plus léger que les vents.
De l'homme infortuné tu fufpens la mifere,
Rends le travail facile & la peine légere.
Que font tant de Mortels en proie aux noirs chagrins ;
Et que le Ciel condamne à fouffrir nos dédains !
Le moiffonneur actif que le Soleil dévore ;
Le Berger dans la plaine errant avant l'Aurore ?
Que fait le forgeron foulevant fes marteaux ;
Le vigneron brûle fur fes ardens côteaux ;
Le captif dans les fers, le nautonnier fur l'onde
L'efclave enfeveli dans la mine profonde ;
Le timide indigent dans fon obfcur réduit ?
Ils chantent : l'heure vole, & la douleur s'enfuit.

JEUNE & difcret Amant, toi qui, dans ton ivreffe,
N'as pû fléchir encor ton injufte maîtreffe,
Dans le mois qui nourrit nos frêles rejettons,
Et voit poindre les fleurs à travers leurs boutons :
Sur la Scene des champs n'ofes-tu la conduire ?
La Nature eft fi belle à fon premier fourire !
Qu'avec toi ton Églé contemple ces tableaux
Et l'émail des vallons, & l'argent des ruiffeaux :

Dans cet enchantement , que sa main se repose.
Sur ce frais velouté qui décore la rose ;
Qu'elle puisse , à longs traits , en respirer l'odeur,
Le plaisir de ses sens va passer dans son cœur.
Si de tous ces attraits elle osoit se défendre,
Joins-y la volupté d'un chant flexible & tendre ;
Tu l'entendras bientôt en secret soupirer….
Et je laisse à l'Amour le soin de t'éclairer.

L'ART des sons n'est que l'art d'émouvoir & de plaire ;
C'est le plus doux secret pour vaincre une Bergere ;
Mais bannissez l'apprêt : il nous glace , & le chant ,
S'il est maniéré , cesse d'être touchant.
Évitez avec soin la molle afféterie ;
Qu'avec légéreté votre voix se varie.
Jaloux de l'embellir , craignez de la forcer ;
Un organe contraint ne peut intéresser.
Soyez vrai , naturel , c'est la premiere grace ,
Et celle qu'on poursuit dégénere en grimace.

POUR illustrer votre Art , respectez , dans vos Jeux,
Le Palais des Héros & le Temple des Dieux.
Du Trône où siege Euterpe il ne faut point descendre.
Sans indignation , puis-je voir , puis-je entendre
Naziller Arlequin , grimacer Pantalon ,
Où tonnoit Jupiter , où chantoit Apollon ?

EN secret indigné que sa Scene avilie
Se fût prostituée aux Bouffons d'Italie ;
Que le François , trompé par un charme nouveau ,
Et pour leurs vains fredons abandonné Rameau :
Ce Dieu voulut punir ce transport idolâtre ;
Et , chargeant d'un carquois ses épaules d'albâtre,
Les yeux étincelans , la fureur dans le sein,
Aux antres de Lemnos il descend chez Vulcain. *

* J'ai cru que l'incendie de l'Opéra pouvoit fournir une épisode agréable pour terminer ce Chant.

L'immortel, tout noirci de feux & de fumée,
Attifoit de fes mains fa fournaife allumée;
Mais il ne forgeoit plus ces inftrumens guerriers,
Ces tonnerres de Mars, ces vaftes boucliers,
Où l'air femble fluide, où l'onde dans fa fphere
Coule & fert mollement de ceinture à la Terre.
L'enclume retentit fous de plus doux travaux;
Il y frappe des dards pour l'enfant de Paphos.
» Vulcain, dit Apollon, on profane mon culte;
» Sur mes autels fouillés chaque jour on m'infulte.
» Venge-moi. Tout-a-coup dans les bruyans four-
neaux
Des cyclopes aîlés allument cent flambeaux;
Ils volent, & déjà leur cohorte enhardie
Sur les faîtes du Temple a lancé l'incendie.
Le croiffant de Phébé, la conque de Cypris,
La guirlande de Flore & l'arc brillant d'Iris;
Des Champs Élifiens l'immortelle parure,
Les Zéphirs, les Ruiffeaux, les Fleurs & la Verdure,
Les fuperbes Forêts, les rapides Torrens,
Du Souverain des Mers les Palais tranfparens.
Hélas! tout eft détruit! on parcourt les ruines,
Là chantoient les Plaifirs & les Graces badines:
Le Mierre *, prodiguant les charmes de fa voix,
Y difputoit le prix aux Syrenes des bois,
Ici l'aimable Arnould exerçoit fon empire,
Et nous intéreffoit aux pleurs de Télaïre.

EUTERPE cependant, pour nous dicter fes loix,
Trouve un afyle heureux, dans le Palais des Rois.
Rameau, le fceptre en main, éclipfe Pergolefe:
Le Goût a reparu: le Dieu du Jour s'appaife;
Et fon reffentiment fubfifteroit encor,
Si la Scene à nos yeux n'eût remontré Caftor.

* Mde l'Arrivée.

LA
DANSE,
CHANT QUATRIEME.

LE jeune Amant de Flore a déployé ses aîles ;
De ses nouveaux baisers naissent les fleurs nouvelles.
Les Satyres légers, aux accens du haut-bois,
Soulevent, en riant, les Nymphes de nos bois.
Voyez-vous ces Tritons, dont les desirs avides
Font bouillonner les flots autour des Néréides !
Ils nagent en cadence, &, joignant leurs bras nuds,
Agitent doucement la conque de Vénus.
Volez, jeunes Beautés ; le front ceint de feuillages,
Traversez, en dansant, les vallons, les bocages :
Ressuscitons ces jeux *, ces folâtres loisirs,
Par le Tibre adoptés, au retour des Zéphirs :
Pour orner votre sein, ces roses vous demandent ;
Pour vous peindre leurs feux, vos Bergers vous
        attendent.
Tout vous sert ; cet ombrage, inte rceptant le jour
Enhardit à la fois la Pudeur & l'Amour.

* La Danse du mois de Mai, en usage chez les
Romains.

LOIN de nous la sageſſe & ſes leçons auſteres !
Terpſicore ; voici l'inſtant de tes myſteres ;
Ils naiſſent du plaiſir ; je dois les reſpecter :
Viens, ta harpe à la main, m'apprendre à les chanter.
Que mon rapide vers brille, parte & s'élance,
Comme l'inſecte aîlé qui dans l'air ſe balance.
Déeſſe, la Nature eſt ſoumiſe à tes loix,
Et ton ſilence actif le diſpute à la voix.
Le voile ingénieux de tes allégories
Cache des vérités par ce voile embellies.
Rivale de Clio, tu ſçais conter aux yeux ;
Et tout, juſqu'à la Fable, eſt vivant dans tes jeux.
Des pas tardifs ou prompts la liaiſon ſçavante
M'offre de cent tableaux une Scene mouvante :
J'y vois du déſeſpoir le ſombre accablement,
La colere d'un Dieu, les tranſports d'un Amant ;
Mars courant aux combats, & Vulcain qu'il déteſte
Traînant avec lenteur la jambe qui lui reſte ;
Les courſes de Diane, & les feux de Cypris
Abandonnant ſon ſein aux baiſers de ſon fils.

MAIS de cet art charmant craignez la douce
            amorce ;
Il rit à l'œil trompé qui n'en voit que l'écorce.
D'un trop crédule eſpoir n'allez pas vous bercer ;
Et ſondez le terrein qu'il faut enſemencer.
Avant de faire un pas, voyez ſi la Nature
N'a point ſur les Calots calqué votre figure.
Héros, que votre taille ait de la majeſté :
Berger, qu'elle nous plaiſe en ſa légéreté.

QUE votre corps liant n'offre rien de pénible,
Et ſe ploye aiſément ſur le genou flexible.

QUE les pieds avec ſoin rejettés en dehors
Des jarrets trop diſtans rapprochent les reſſorts.

QUE l'épaule s'efface, & que chaque partie,
En paroissant se fuir, soit pourtant assortie.

QUELQUE vice secret avec vous est-il né ?
Qu'avant le pli du temps il soit déraciné.
Profitez, profitez de ces jours de souplesse,
Où chaque fibre encor tressaille avec mollesse.
Quand l'âge roidira vos muscles engourdis,
Tous les moyens alors vous seront interdits.
Cet orme contrefait panche vers le rivage,
Et d'un tronc tortueux voit sortir son feuillage :
Il seroit aujourd'hui l'ornement du hameau,
Si l'art l'eût redressé, quand il fut arbrisseau.

QUE vos pas soient précis : d'une oreille sévere
Calculez chaque temps, sans jamais vous distraire.
Vos talens, quels qu'ils soient, n'auront qu'un foi-
        ble éclat
Sans ce Juge subtil, ce tact si délicat,
Que la Nature même, à nos plaisirs fidelle,
Pour épier les sons, a mis en sentinelle.
Ce timpan sinueux où tout va retentir
Doit marquer la mesure & vous en avertir.
Un Danseur sans oreille est la vivante image
D'un fou qui ne met point de suite à son langage ;
Qui de mots mal cousus forme son entretien,
S'étourdit en parlant & ne dit jamais rien.

PAR ce sens dirigé, riez de l'impuissance
Du burlesque rouleau *, sceptre de l'ignorance
Dont le geste ambulant semble vous menacer,
Et qui coupe les temps, au lieu de les fixer.

QUE chaque mouvement soit naturel & libre.

* Le Bâton de la Mesure.

Soumettez votre corps aux loix de l'equilibre
Élevé dans les airs, soyez assujetti
Au point stable & central d'où vous êtes parti.
Émule de Gardel, dans votre essor habile,
Tombez sur un pied seul, & restez immobile.

POUR atteindre au fini de tous ces déploîmens,
N'allez point vous créer d'inutiles tourmens ;
Étudier votre Art comme de vils esclaves,
Ni vous emprisonner dans de dures entraves,
Qui du jeu des ressorts vous ôtent la douceur,
Et font mille martyrs, sans former un Danseur.

C'EST peu de m'étaler une Danse sçavante,
Et ces sauts périlleux dont l'effort m'épouvante ;
De battre l'entrechat, de jouer du poignet ;
De hazarder un rond, de faire un moulinet.
La Médiocrité brigue ces avantages :
L'Art a d'autres secrets, pour gagner nos suffrages.

SUR le bloc arrondi d'un célebre Sculpteur
Quand l'Amour agita son flambeau créateur,
Il en fit rejaillir une vive étincelle,
Et soudain vit éclorre une Vénus nouvelle,
Dont le premier regard peignit un sentiment ;
Dont le premier soupir demandoit un Amant.
L'heureux Pigmalion brûle pour son ouvrage :
Le marbre est animé ; l'Amour veut davantage.
Les Graces, qu'il appelle, accourent sur ses pas,
Et la Nymphe naissante a volé dans leurs bras.
Leurs loix sont des plaisirs, leurs leçons, des caresses ;
L'Écoliere bientôt égale ses Maîtresses,
S'instruit dans l'art de plaire, & plaît en l'oubliant,
Met dans chaque attitude un jeu doux & liant,
De la simplicité se fait une parure,
Déploie avec pudeur les dons de la Nature,

Laiſſe errer ſur ſa bouche un ſourire charmant,
Et, grace à ſes regards, ſe tait éloquemment.

VOILA votre modele, Enfans de Terpſicore.
La Nature vous ſert, il faut l'aider encore.
Imaginez des temps, & des groupes nouveaux ;
Entaſſez pas ſur pas, & travaux ſur travaux ;
Sautez ſur le gazon, ſans y laiſſer vos traces :
Vous ne poſſédez rien, ſi vous n'avez les graces.
Elles vous donneront le poli des reſſorts,
D'un buſte harmonieux les tranquilles accords,
Le moëlleux contour d'une tête flexible,
Des paſſages divers la nuance inſenſible ;
Ces pas demi-formés, ces pas que le deſir,
Dans un doux abandon, ſemble tendre au plaiſir,
Tous ces ébranlemens, ces ſecouſſes légeres,
Que la volupté compte au rang de ſes myſteres,
Et ces geſtes de feu, ces repos languiſſans
Qui juſqu'en leur foyer vont réchauffer nos ſens.

DES élémens de l'art connoiſſez l'importance :
Formez vos premiers pas ſous un Maître qui penſe ;
Vous avancerez plus avec moins de travaux :
Il ſçaura profiter même de vos défauts.

C'EST ainſi que Marcel, l'Albane de la Danſe,
Communiquoit à tout la nobleſſe & l'aiſance,
Des mouvemens du corps il fixa l'uniſſon ;
Et dans un Art frivole il admit la Raiſon.
La Beauté qu'il formoit venoit-elle à paroître ;
Elle emportoit le prix, & déceloit ſon Maître ;
Telle brille une Roſe entre les autres fleurs.
Il dotoit la jeuneſſe, en lui gagnant des cœurs.
Il me ſemble le voir, dans un Jardin fertile,
Aſſujettir à l'Art chaque tige indocile,
Tendre au Lys incliné la main qui le ſuſpend,

Refferer le bouton où l'œillet fe répand,
Diftribuer par-tout cet accord, cette grace
Qui pare la Nature, & jamais ne l'efface.

DE cette fervitude affranchis une fois,
Plus fûrs de votre vol, créez-vous d'autres loix.
Lifez au cœur de l'homme : amour, fureur, délire,
Dans vos jeux animés il faut tout reproduire :
De chaque fentiment épiez les fecrets :
Démêlez les refforts, combinez les effets
Et parvenez enfin à ce degré fublime,
Où naît de tous les arts l'art de la Pantomime.
C'eft par-là que la Danfe enfante des tableaux,
Sçait parler fans parole, & peindre fans pinceaux:

INVENTEURS de cet Art, & Pilade & Bathile
Nous ont affez appris combien il eft fertile.
Dans l'action du corps puifant leur coloris,
L'un arrachoit les pleurs, l'autre excitoit les ris ;
Et, loin du cercle étroit de cent Mimes profanes,
Leurs geftes & leurs pas leur tenoient lieu d'organes.

POUR atteindre à leur palme & vous rapprocher
d'eux,
Laiffez la gargouillade & les pas hazardeux.
Que par l'expreffion vos traits s'épanouiffent :
L'ame doit commander : que les pieds obéiffent.
Un méchanifme vain fuffit pour un Sauteur :
Mariez les talens du Peintre & de l'Acteur ;
Et, prenant votre effor loin des routes tracées,
Dans vos pas, s'il fe peut, enchaînez des penfées.

MAIS, fi vous prétendez aux immortels feftons,
De mafques odieux débarraffez vos fronts.
De chaque paffion le turbulent orage
Avec des traits de feu fe peint fur le vifage :

On y voit le chagrin d'un crêpe se voiler,
Sourire le bonheur, la joie étinceler ;
L'ame se montre à nû dans ce miroir sincere.
Pourquoi donc le charger d'une forme étrangere ?
Un visage postiche & privé de contour,
Un plâtre enluminé me rendra-t-il l'Amour ?
Comment les passions, dans leur fougue énergique,
Pourront-elles percer l'enveloppe gothique,
L'immobile carton inventé par l'ennui,
Qu'un Danseur met toujours entre nos cœurs & lui ?
Filles des sombres bords, Déités infernales,
Éteignez sur vos fronts ces flammes sépulchrales :
Fleuves, Ondains, Tritons, Dieux soumis au
      Trident,
Quittez vos teints verd-pré, vos visages d'argent :
Vents, ayez plus d'adresse, & moins de bouffissure :
Monstres de nos ballets, respectez la Nature.

INDIFFÉRENTE & libre, une Nymphe des bois
Pour seule arme aux amours opposoit son carquois,
Et souvent renversoit de ses fleches rapides
Le Faon, aux pieds légers, & les Biches timides.
Errante l'arc en main de réduit en réduit,
Un Faune l'apperçoit, s'enflamme & la poursuit.
Voyez les mouvemens dont leur ame est atteinte ;
Et l'aîle du desir est le vol de la crainte.
Ils s'éludent tous deux par d'agiles détours :
Le Faune joint la Nymphe ; elle échappe toujours.
Elle se sauve enfin tremblante, sans compagne,
Et gagne, en haletant, le haut d'une Montagne.
Là, se laissant aller près d'un arbre voisin,
Son col abandonné touche aux lis de son sein.
Le Faune reparoît : il tressaille de joie,
Et retrouve sa force, en retrouvant sa proie.
Ses yeux sont des flambeaux ; ses pas sont des éclairs :
Une fleche est moins propre à traverser les airs.

La Colombe se lasse , & sent foiblir son aîle :
Au front de son amant l'espérance étincelle ;
Il va toucher , il touche au terme de ses vœux ;
Son souffle de la Nymphe agite les cheveux ;
Il la tient dans ses bras , il demande sa grace :
Le Faune s'embellit , la Nymphe s'embarrasse ,
Se livre par degrés à ce trouble enchanteur ,
Tombe , se laisse vaincre , & pardonne au vainqueur.

    D'un simulacre vain la froide dissonance
De ces divers combats rendra-t-il la nuance ?
Y verrai-je la crainte & ses frémissemens ,
Et ces rayons de feu , peints au front des Amans ?

    QUE n'ai-je le génie & le pinceau d'Apelle ?
Alard , à mes esprits ce tableau te rappelle.
Jamais Nymphe des bois n'eut tant d'agilité :
Vénus , Vénus jamais n'eut tant de volupté.
Que tu mêlanges bien , ô belle enchanteresse ,
La force avec la grace , & l'aisance & l'adresse !
Tu sçais avec tant d'art entremêler tes pas ,
Que l'œil *ne* peut les suivre & ne les confond pas.
Le Papillon s'envole avec moins de vîtesse ,
Et pese plus que toi sur les fleurs qu'il caresse.
Te peindre c'est louer ton émule divin : *
Je place au même rang la Nymphe & le Sylvain ;
Il partage l'honneur de ta palme brillante ,
Hippomene à la course égaloit Atalante.
Tous deux dans cette arêne , où vous régnez sur moi,
Vous cueillez le laurier ; mais la pomme est pour toi.

    MON œil sur ces objets trop long-temps se repose ;
Muse reprends le joug que Terpsicore impose :
Amans de la Déesse , elle a choisi ma voix
Pour consacrer son art , & vous dicter ses loix.

    * *Dauberval.*

Fuyez

Fuyez loin de ſes yeux, Pagodes verniſſées,
Dans vos groupes ſans goût triſtement compaſſées,
Qui croyez nous charmer, en roidiſſant vos bras ;
Vous, froids exécutans, qui n'exécutez pas ;
Automates Sauteurs, Figurans ſans figure :
Le Public fatigué trop long-temps vous endure,
Fuyez.... qui vous donna le droit, le droit affreux
De venir dans leur temple effaroucher les jeux ?

QUE la Danſe toujours annonce un caractere :
Qu'elle ſoit, tour-à-tour, noble, vive ou légere.
M'offrez-vous des héros ? modelez-vous ſur eux :
Que vos pas ſoient précis, graves, majeſtueux ;
Lorſque le grand Dupré, d'une marche hautaine,
Orné de ſon panache, avançoit ſur la Scene,
On croioit voir un Dieu demander des autels,
Et venir ſe mêler aux Danſes des Mortels.
Dans tous ſes déploimens ſa Danſe ſimple & pure
N'étoit qu'un doux accord des dons de la Nature.
Veſtris, par le brillant, le fini de ſes pas,
Nous rappelle ſon Maître, & ne l'éclipſe pas.

BACCHANTES, exprimez les fureurs de l'ivreſſe :
Tournez rapidement ſous le Dieu qui vous preſſe.
Filles du noir Cocite, armez-vous de flambeaux ;
Élancez-vous par bonds ; que vos pas inégaux,
Égarés, incertains, peignent l'affreuſe rage,
Le tumulte de l'ame, & la ſoif du carnage :
Tranſportez les enfers ſur vos fronts allumés,
Et décrivez en l'air des cercles enflâmés.

ZÉPHIRS, d'un vol léger careſſez les feuillages ;
Et, ſans être entendus, parcourez les bocages :
On rit de ces Zéphirs orageux & maſſifs,
Qui font gémir les airs ſous leurs bonds convulſifs.
A ce bruit inconnu Flore en tremblant s'éveille

Partie III.   F

Ils ont déjà courbé les fleurs de sa corbeille :
Elle craint, à l'aspect de ses nouveaux Amans,
Pour le Trône fragile où s'assied le Printemps,
Et le Parterre enfin renvoie avec justice
Ces petits vents honteux souffler dans la coulisse.

L'HEUREUSE Germanie est fertile en Danseurs,
Et simple dans sa Danse, ainsi que dans ses mœurs :
Elle nous a transmis * celle qui dans nos fêtes
A nos jeunes Beautés fait le plus de conquêtes.
Connoissez tous ces pas, tous ces enlacemens,
Ces gestes naturels, qui sont des sentimens ;
Cet abandon facile & fait pour la tendresse,
Qui rapproche l'Amant du sein de sa Maîtresse ;
Ce dédale amoureux, ce mobile cerceau,
Où les bras réunis se croisent en berceau,
Et ce piege si doux, où l'Amante enchaînée
A permet tre un larcin est toujours condamnée.

COMBIEN je vous regrette, ô temps, ô jours
    heureux !
Où, dans les murs de Sparte, dans ses plus beaux jeux,
Se partageant en chœurs, des Vierges ingénues
Dansoient sans indécence & dansoient toujours nues.
Que de secrets trésors dévoilés aux Amours !
Quel charme arrondissoit tous ces légers contours !
A chaque mouvement que de beautés écloses !
Quels frais monceaux de lis, mêlés de quelques roses!
Que dis-je ? aux yeux surpris de l'Amant enchanté
La céleste pudeur voiloit la nudité,
Et changeoit le desir en un timide hommage...
O Licurgue, Licurgue, ô véritable Sage !
De ces jeux innocens politique inventeur ;
Qu'il est doux, à ce prix, d'être Législateur !

---

* L'Allemande.

Vous que Vénus inftruit, qui pour premiere étude
Avez de tous fes jeux la fçavante habitude,
Surpaffez ces tableaux; & fous le vêtement
Que L'Amour deffiné frappe l'œil de l'Amant.
Que vos illufions fur mes yeux fe repandent,
Je vous livre mon cœur, & mes fens vous attendent.
Là, par des mouvemens fouples & négligés,
Par des balancemens avec art prolongés,
Imitez les langueurs de la douce moleffe :
N'allez point par des fauts fatiguer fa pareffe.
Ici, développant votre célérité,
En replis ondoyans peignez la volupté.
Que vos bras jufqu'à nous toujours prêts à s'étendre,
Soient autant de filets où l'on cherche à fe prendre.
Marquez tous les degrés de l'amoureux débat ;
L'inftant de la victoire & celui du combat ;
Le calme du bonheur, le feu d'une careffe :
Fuyez, arretez-vous, fufpendez votre ivreffe :
Comme Guimard * enfin appellez les defirs ;
Et que vos pas brillants foient le vol des plaifirs.

C'est ainfi que Sallé s'empara de la Scene,
Et, Peintre des Amours, en paroiffoit la Reine.
L'effain des paffions voltigeoit fur fes pas,
Animoit fes regards, & jouoit dans fes bras.
Comme elle cependant fur ces heureux myfteres
Laiffez toujours tomber quelques gazes légeres,
Et, ne montrant jamais qu'un feul coin du tableau,
Laiffez-nous foulever le refte du rideau.
Par des pas trop lafcifs n'offenfez point la vue :
Vénus même prefcrit l'adroite retenue :
Enlacez-vous vos bras autour de votre Amant ?
N'allez point fans pudeur à nos yeux vous pâmant,

* Elle met dans fa danfe autant de graces, & moins
de maniere que Mlle Puvigné, autant de volupté que
Mlle Veftris, & un peu moins d'indécence.

F 2

Outrager la décence, & Sirene muette,
Propofer au Public un bonheur qu'il rejette.

Aux talens naturels que l'art foit réuni.
Telle eft à nos regards la Danfe de Lani. *
Précifion, nobleffe, efprit, tout s'y raffemble.
Les détails font parfaits, fans éclipfer l'enfemble.
Elle a pourfuivi l'art dans fes derniers détours,
Eft toujours réguliere, & s'embellit toujours.
Rien ne marque l'effort ; &, s'ils quittent la terre,
Ses pieds font des oifeaux effleurant un parterre.
Elle enchante l'oreille & ne l'égare pas.
La valeur de la note eft toujours dans fes pas.

Il eft une autre gloire où vous pouvez atteindre ;
Il faut tout embraffer, tout fentir & tout peindre.
La Danfe doit m'offrir d'innombrables tableaux.
Transfuges des Palais, danfez fous des berceaux.
L'art brillant des couleurs, avec même avantage
Eleve un Temple augufte ou nous ouvre un bocage.
Tout objet bien faifi conferve un prix réel :
Teniers eft aujourd'hui l'égal de Raphaël.

Quelle Nymphe légere à mes yeux fe préfente ?
Déeffe, elle folâtre, & n'eft point impofante.
Son front s'épanouit avec férénité :
Ses cheveux font flottans ; le rire eft fa beauté.
D'un fefton de jafmins fa tête eft couronnée,
Et fa robe voltige, aux vents abandonnée.
Mille fonges légers l'environnent toujours ;
Plus que le printemps même, elle fait les beaux jours.
Un chœur de Matelots empreffés autour d'elle
Détonne en fon honneur une ronde nouvelle ;
Et de jeunes Pafteurs, défertant les hameaux,
Viennent la faluer au fon des chalumeaux.

* Elle eft auffi parfaite dans fon genre que Mlle.
Dangeville dans le fien.

C'eſt l'aimable gaîté : qui peut la méconnoître,
Au chagrin qui s'envole, aux jeux qu'elle a fait naître ?
Fille de l'innocence, image du bonheur,
Le charme qui te ſuit a paſſé dans mon cœur.
Sur ce gazon fleuri, qu'elle a choiſi pour trône,
Paſteurs, exécutons les danſes qu'elle ordonne.
Que trop d'art n'aille point amortir notre feu :
La Danſe d'un Berger n'eſt pas celle d'un Dieu.

Vous qui me tranſportez dans ces Fêtes ruſti-
ques,
Laiſſez votre routine & vos pas didactiques :
La nature eſt ſi belle ! ah ! ne l'altérez pas :
Elle hait la contrainte, & meurt ſous le compas.

Venez : tranſportons-nous dans ces belles con-
trées :
Des rayons d'un Ciel pur en tout temps colorées.
Déjà l'air eſt plus frais : Phébus vers l'Occident
Précipite ſa courſe & ſon char moins ardent.
Les mobiles ſillons de ſa pourpre brillante
Font reſplendir au loin la mer étincelante.
Sous des boſquets riants qu'embaume l'Oranger,
Chaque jeune Bergere a conduit ſon Berger.
Les uns de joncs treſſés compoſent leur coëffure.
D'autres avec des fleurs nattent leur chevelure.
On s'anime à l'envi de l'œil & de la voix :
Le tambourin réſonne, & tout part à la fois.
Je ne ſais quel inſtinct regle chaque attitude :
La grace, ailleurs captive, ici naît ſans étude.
Les geſtes & les pas, d'un mutuel accord,
Peignent la même ivreſſe & le même tranſport.
Sur des bras vigoureux on ſouleve une Belle :
On s'enlace, on s'éleve, on retombe avec elle.
Que de baiſers reçus, ou ravis, ou donnés !
Combien de criminels auſſi-tôt pardonnés !

L'ombre n'interrompt pas cette douce démence :
Lorfqu'un plaifir s'envole , un plaifir recommence.
Pour s'occuper la nuit , l'Amante , en ce moment ,
Recueille dans fon cœur les traits de fon Amant :
Et le lendemain même , alors qu'elle s'éveille ,
Répéte encor les airs qu'ils ont danfés la veille.

PROVENCE fortunée , afyle aimé des Cieux ,
Que j'aimerois ton Ciel , ton délire & tes jeux !
Ici , tout eft glacé , tout eft morne , ou fantafque :
Du bonheur qui te rit , nous n'avons que le mafque :
Les Temples de nos Arts font de triftes réduits
Où nous courons en pompe étaler nos ennuis.
Sans perdre nos défauts , perdant nos avantages ,
Nous briguons en bâillant le beau titre de Sages.
La jeuneffe elle-même , éteinte dans fa fleur ,
S'agite fans ivreffe & jouit fans chaleur.
Ce fleuve , qui jadis arrofoit la prairie ,
N'eft plus qu'un filet d'eau dont la fource eft tarie :
Et l'on voit de fon or le luxe dégoûté
Gager des malheureux , pour rire à fon côté.

Fous ténébreux & vains , qui n'aimant que vous-
    mêmes ,
Des rêves de vos Nuits compofez vos fyftêmes :
Catons prématurés , qui froids calculateurs ,
Cherchez des vérités dans l'âge des erreurs ;
Vous qui , dans vos boudoirs fur l'ouatte & la foie
Savourez les langueurs où votre ame fe noie ,
Et changez , chaque jour , pour feuls amufemens ,
De Chiens , de Perroquets , de Magots & d'Amans ;
Compilateurs pefants ; toi , cruel Moralifte ,
Qui crois confoler l'homme , en le rendant plus
    trifte ;
Peuple immenfe de Sots , de molleffe hébété ,
Poëtes fans efprit , & Catins fans beauté ,

Honoraires Bouffons ; toi , Frélon inutile
Qui dévores le miel que l'Abeille diftile :
Vous tous , qui variant vos lugubres travers ,
Chacun , pour votre compte , ennuiez l'Univers ;
Danfez ... fortez du cercle où l'on vous emprifonne ;
Répandez fur la vie un fel qui l'affaifonne ;
Le temps s'échappe , il fuit , fachez vous en faifir ;
Et végétez du moins dans le fein du plaifir.

MA carriere eft remplie : ô mufe , que j'encenfe ,
Souris à mes travaux ; voilà ma récompenfe.
J'ai célébré les jeux qui plaifent à mon cœur ;
Qui m'ont féduit peut-être en peignant le bonheur.
Puiffent , puiffent mes Chants rajeunir notre Scene ,
De funebres attraits embellir Melpomene ;
A fes aimables fœurs prêter des ornemens ,
Et leur former par-tout de fideles Amans !
Amour , fi dans mes vers je t'ai marqué mon zele ,
A la poftérité porte-les fur ton aîle.
Dieu charmant , tous les Arts te doivent leur beauté ,
Et fous leurs traits divers c'eft toi que j'ai chanté.

RÉPONSE
A UNE LETTRE

Ecrite de Province au sujet du Poëme de la Déclamation.

JE ne répondrai point, mon ami, aux éloges que vous me prodiguez. Je les regarde comme une amorce que vous jettez à mon amour propre, pour le rendre un peu moins rétif à vos critiques ; c'est ainsi que le Héros de l'Enéide suspendoit le triste aboyement de Cerbere en lui remplissant la gueule d'une pâte soporifique. Vous me connoissiez assez pour ne vous pas servir de ce petit subterfuge. Me confondriez-vous avec ces Auteurs ombrageux qui ne veulent point être troublés dans la possession de leur gloire imaginaire, & s'endorment doucement du sommeil de la médiocrité. C'est, dit-on, un bonheur de leur ressembler ; mais le bonheur des Sots ne doit point faire des jaloux : je n'ai garde d'aspirer à leur volupteuse végétation, & je préfére l'ami qui me tourmente & m'instruit, au flatteur qui me trompe & me dégrade. C'est sous le premier titre que je vous envisage, & que

e vais entrer avec vous dans quelques dif-
fuffions, moins par révolte contre vos ju-
gemens, que par l'envie de m'éclairer davantage. Votre premiere remarque roule fur
la maniere dont j'ai vu mon fujet.

Il falloit, dites-vous, *le creufer*, *le nourrir*
d'idées approfondies, & *le traiter moins en*
Poëte qu'en Philofophe.

LE confeil peut paroître fpécieux, fur-
tout dans un fiecle où tout s'éteint fous la
froide analyfe, où l'efprit, à force de fub-
tilités, fe décompofe, fe dénature, & refte
fans caractere, par la manie même d'en
voir un. Mais tant que je cultiverai la
Poéfie, je me préferverai de cette affectation
qui l'anéantit, de ces rafinemens d'idées
qui fans donner des connoiffances nouvelles,
mettent fouvent de l'obfcurité fur celles qu'on
a déjà ; en un mot de cette fureur de paroître ce qu'on n'eft pas, & d'ennuyer pro-
fondément fes chers contemporains. La Nature offre à nos pinceaux tant d'images rappro-
chées, pourquoi fortir du cercle qu'elle nous
prefcrit, & hors duquel elle ne peut plus
nous fervir de guide ? Pourquoi fe fatiguer
dans la pourfuite de quelques chimeres, lorfque nous avons fous nos pas mille réali-
tés ? En un mot, pourquoi peindre de fan-
taifie, lorfqu'on peut peindre d'après l'ori-

F 5

ginal. D'ailleurs, la Poéſie didaĉtique a moins
pour but de créer, que de conſacrer les préceptes des arts, ou des ſciences établies. La
raiſon, le goût, la vérité, ſur-tout la clar-
té, voilà ſes objets, les devoirs qu'on lui
impoſe, les bornes dans leſquelles elle ſe
renferme. Depuis le temps que notre Théatre ſert de modele aux autres Nations, &
que l'art de déclamer ſe perfeĉtionne parmi nous, on a réfléchi ſur les ſources de
l'illuſion, on a diſcuté les moyens de l'augmenter, l'impreſſion des hommes raſſem-
blés a donné des lumieres qu'eux-mêmes
n'avoient pas, & le génie obſervateur a
ſouvent fait une loi de l'inſtinĉt de la multitude. Mon Poëme n'eſt que le réſultat de
ces obſervations ; j'ai exprimé ce qu'on a
penſé & ſenti avant moi ; & n'eſt-ce rien
que de recueillir toutes les regles importan-
tes d'un Art, & de leur donner une forme
qui en facilite le ſouvenir & l'application ?
Si j'euſſe ſuivi votre conſeil, que j'euſſe
ſacrifié l'agrément à une prétendue ſolidité,
perſonne n'en auroit rien ſçu, car perſonne
ne m'auroit lu : j'ai voulu faire un Poëme
& non un traité. Nommez-moi beaucoup
d'Aĉteurs & d'Aĉtrices qui fuſſent en état
de profiter de mon ouvrage, s'il étoit en-
veloppé de cette Métaphyſique qu'on ſe plaît
à répandre ſur tout. Boileau qui a travaillé
pour une claſſe d'hommes bien ſupérieurs,

Boileau m'a frayé la route que j'ai tenue;
Il a déposé dans son Art poëtique toutes
les regles de la Verfification Françoise, telles
qu'elles lui avoient été tranfmifes par fes
prédéceffeurs. Quelles font les idées neuves
dont on lui eft redevable ? il a répété ce
qui avoit été dit cent fois ; mais il l'a répété en vers élégans, harmonieux, précis ;
& ce fera dans tous les temps une nouveauté dont peu de gens feront capables.
Cependant il n'auroit tenu qu'à lui, d'é-
tendre, d'aggrandir, de creufer fon Sujet,
& de l'enrichir de fes propres réflexions :
mais plus ce qu'il avoit à rendre étoit fimple
& ftérile, plus on doit lui favoir gré de
l'avoir embelli. Il s'entoura de difficultés pour
les vaincre, & on lui fit un mérite alors
de ce qui fait aujourd'hui le fujet de vos
reproches. Quoiqu'il en foit, je ne me re-
pens pas de l'avoir imité ; l'efprit d'un fiecle
peut fort bien n'être pas l'efprit d'un autre.
La raifon eft une, elle voit naître, périr,
fe renouveller tous les fyftêmes ; elle feule
ne change & ne meurt jamais ; le nuage
paffé, elle brille avec d'autant plus d'éclat
qu'elle avoit paru s'éclipfer un moment.
Votre feconde remarque, & fur laquelle
vous appuyez beaucoup, eft qu'il ne falloit
nommer aucun acteur vivant.

Votre Ouvrage, dites-vous, *ne devoit con-*

ferver que les noms avoués par la poflérité , cela lui eût donné un ton plus noble , plus imposant. Auriez-vous prétendu à la reconnoissance de ceux en faveur de qui vous écrivez ?

Voilà par exemple des idées auxquelles je ne puis me faire ; je trouverois de l'ingratitude à ne point payer à des talens qui nous enchantent tous les jours , le tribut de louanges qu'ils méritent. Eh ! quoi , Mesdemoifelles *Dumefnil* , *Clairon* , & *Dubois* * même ne figureroient pas dans un tableau dont ils m'ont fourni les traits les plus intéreffans ? Il m'auroit fallu à chaque moment combattre ma fenfibilité , & m'enlever cette douce reconnoiffance qui naît en moi des larmes que l'on m'a fait répandre.

Je n'ai point eu fans doute la prétention dont vous me foupçonnez. Les grands talens ne doivent rien à leur Panégyrifte ; mais tout homme qui écrit fe doit à la vérité , trop heureux feulement, (je parle ici en général) s'il ne fe fait pas des ennemis irréconciliables de tous ceux dont il ofe hazarder l'éloge ! Il faudroit , je le fais , pour louer certaines gens à leur gré , connoître la mefure de leur amour propre ,

---

* Les progrès de Mlle. Dubois ne font plus équivoques ; la Nature en a fait une Actrice charmante , le travail en peut faire une grande Actrice.

& c'est un abyme qu'il est impossible d'approfondir. Si par malheur vous êtes en deçà de l'opinion qu'ils ont d'eux, les voilà très mécontens de vous. Ils oublieront ce que vous avez dit, pour songer à ce que vous auriez pu dire ; & seront très scandalisés que vous n'ayez pas pénétré plus avant dans la confidence de leur supériorité ; mais tout cela ne doit point empêcher de rendre justice. Ennemis pour ennemis, il vaut mieux s'en faire par des louanges que par des satyres. On en est quitte pour bien rire en soi-même des miseres de l'esprit humain, & s'envelopper dans cette indifférence profonde qui apprécie à sa juste valeur la haine ou l'estime des hommes. Ces réflexions sont les fruits de mon expérience. Revenons aux vôtres.

Vous nommez partialité la préférence que je semble donner à Mlle. Dumesnil sur Mlle. Clairon.

Cela dépend de la maniere de sentir. Je ne vous persuaderois pas sans doute comme vous parviendriez difficilement à me convaincre. Permettez cependant que je m'explique & me justifie. Je suis, plus qu'on ne croit, admirateur de Mlle. Clairon. L'étude, les combinaisons, les recherches, l'intelligence la plus prompte, un tact d'une extrême délicatesse, en ont fait une Actrice supérieure ; mais la Nature, en se jouant, éclipse les beautés laborieuses de l'Art. L'irrégularité est quelquefois sublime, & souvent il se glisse de la froideur dans ce qu'on appelle la perfection. On sçait plus de gré au talent acquis, le talent d'instinct fait plus de plaisir. L'un plaît à la Raison, l'autre l'égare, & va chercher son Juge dans l'ame des Spectateurs. Tel est l'ascendant de Mlle Dumesnil, elle entraîne, elle transporte. Il semble que ses défauts même ne servent qu'à la rapprocher encore plus de la vérité. Ses gestes sont brusques, dit-on, ses mouvemens trop abandonnés, ses inflexions dures, à la bonne heure : mais tout cela forme un ensemble qui m'échauffe. Je pleure, je frémis, j'admire & ne songe plus aux imperfections qu'il faut pardonner. Quelques personnes refusent la sensibilité à Mlle. Clairon : c'est, je crois, très-injustement. Elle a celle qui tient à la force, à l'énergie, à l'orgueil, à toutes les passions qui raisonnent avec elles-mêmes, & se rendent compte de leurs emportemens ; mais a-t-elle cet égarement, ces cris de douleur, cet étouffement d'une voix qui se perd dans les sanglots, cette éloquence foudroyante de sa rivale ? L'une, par l'élégance des attitudes, la noblesse du maintien, l'arrangement de son désordre, & les graces de son défes-

poir, plaira toujours à ce Public inſtruit
des fineſſes de nos mœurs & de nos uſages.
C'eſt, pour ainſi dire, une Actrice natio-
nale ; l'autre plairoit au Public de tous les
Pays. Quelques petites Maîtreſſes diront que
Mlle. Dumeſnil *fait peur*, & que ſon jeu
eſt d'un ton qui ne reſſemble à rien ; les Etran-
gers qui en ſçavent moins que ces Dames,
diront tout bonnement qu'elle eſt l'Actrice
de la Nature, & leur ſuffrage provincial
l'emportera à la longue ſur une admiration
de mode, & un enthouſiaſme d'étiquette.

Eh ! n'eſt-il pas ſenſible, vous écriez-vous,
*que le Théatre François tombe de jour en jour
depuis la retraite de Mlle. Clairon ?*

C'eſt ſurement une perte pour ce ſpectacle ; mais de bonne foi, eſt-ce la principale
cauſe de ſa décadence ? Il lui reſte des reſ-
ſources pour remplir ce vice, & le vice ra-
dical de la Scene Françoiſe eſt moins la
diſette des bons *Sujets* que la foule des mé-
diocres. J'en nommerois cinq ou ſix qui ſont
d'une triſteſſe mortelle dans le Comique, &
ne font rire que dans les Tragédies. Cela
ne laiſſe pas que de refroîdir l'intérêt, &
de déranger l'*enſemble*. Ces Meſſieurs nous
perſécutent à Paris, & *Aufreſne* court la Province. C'eſt réellement cette collection bur-
leſque d'Acteurs miſérables qui tue en partie

le Théatre François, & lui ôte cette dignité que lui ont acquise les *le Couvreur* & les *Baron*. Je ne conçois pas à cet égard la facilité du Public ; il fait naître lui-même l'inconvénient dont il se plaint, & se repent toute l'année de l'indulgence d'un moment. Lorsque des Acteurs dans leur début ne lui montrent aucune sorte de disposition, ne seroit-il pas plus à propos qu'il s'en défît sur le champ, que de les réserver à des dégoûts éternels auxquels ces Messieurs s'accoutument, & qui finissent par retomber sur lui. Dans la crainte d'être sévere, il devient cruel, & immole lentement des victimes qu'il falloit frapper d'un seul coup. Ce plaisir vaut-il celui d'encourager de jeunes talens qui briguent son estime, ou d'admirer ceux qui l'ont obtenue ? Les applaudissemens du Public, quand ils sont déplacés, ressemblent aux pluies hors de saison. Elles élevent autour du bon grain des herbes inutiles qui le surmontent & l'étouffent.

UNE autre raison de langueur & de dépérissement est le droit d'ancienneté, c'est-à-dire, le droit de vexer & de tyranniser les Spectateurs. Je ne le considére que relativement aux mauvais Comédiens. Tel nous ennuie réguliérement depuis des années, donc il est autorisé à ne pas souffrir qu'un autre nous amuse. Ce qui devroit fournir un titre

d'exclusion, en devient un de préférence;
le temps fait tout, & l'on est sûr d'être
peu employé à la Comédie Françoise, quand
on a le malheur d'être jeune, de commen-
cer & de réussir. Le Spectateur a beau mur-
murer, on n'en tient compte, il peut bâil-
ler s'il lui plaît, mais il faut qu'il écoute,
qu'il batte des mains, & se soumette aux
réglemens. L'indépendance qui régnoit autrefois dans le Parterre a remonté dans les
coulisses & dans le conseil des Comédiens.
Ils disposent souverainement, & quand la
Nation desire quelque chose, ils en appellent au comité. Qu'on s'étonne après cela
qu'il ne se forme point de Sujets : on crie
contre le mal, on ne s'occupe point du re-
mede. Il faudroit, je crois, montrer plus
souvent au Public les jeunes Acteurs ou Actrices qu'il aime ; tout le monde y gagne-
roit ; cela tourneroit même au profit des
Chefs d'emploi. L'habitude de les voir nuit
souvent à leurs succès, & quelques éclipses
passageres, en favorisant l'emulation ; ne
feroient qu'ajouter à leur gloire, & rechauf-
fer leurs partisans. Le talent qui se cache
à propos l'emporte ordinairement sur le talent qui se prodigue, & fût-on sublime,
encore faudroit-il laisser du relâche à ses
admirateurs.

PARDONNEZ-MOI cette discussion : j'aurois

pû m'en difpenfer d'autant mieux, que dans ce moment-ci elle ne rémédiera à rien ; mais n'importe. Des idées que je feme au hazard peuvent germer un jour & devenir de quelque utilité.

JE ne répondrai qu'en paffant à vos autres objeftions ; vous êtes fâché que j'aie oublié dans mon Poëme *Montmefnil*, *Dufrefne* & Mlle. *Demars*. J'ai peut-être eu tort, mais je n'ai point prétendu completter le Catalogue de tous les Afteurs qui ont réuffi. Boileau a fait bien pis ; il cite Racan, Segrais, Voiture, Bergerac, & ne dit pas un mot de la Fontaine. J'ai voulu fur-tout fixer les grandes époques de la déclamation, & me fuis peu embarraffé du refte. J'ai fait difparoître du chant de l'Opéra tout ce qui avoit bleffé les oreilles Muficiennes. Je croyois qu'en recommandant la fenfibilité aux Aftrices de ce Théatre, on pouvoit outrer le précepte fans craindre qu'elles en abufent. Lifez le Chant de la Danfe, & faites-moi part de vos obfervations. Vous trouverez peut-être que pour la premiere fois de ma vie j'ai été un peu rebelle à la critique ; mais quand on s'eft donné la peine de faire deux mille vers didaftiques, on peut bien fe permettre le ridicule de les défendre.

L'ISLE
MERVEILLEUSE ,
POEME

EN TROIS CHANTS ,

TRADUIT DU GREC.

Suivi d'Alphonse ou de l'Alcide Espagnol ,

Conte très-Moral.

AVERTISSEMENT

DU TRADUCTEUR.

DANS un voyage que je fis à Constantinople, entr'autres Monuments, je visitai les Bibliotheques. Dans celle du *Mouphti*, où je trouvai le *Sopha*, *Tanzaï*, *la Nuit & le moment* *, il me tomba sous la main un *Manuscrit* qui piqua ma curiosité. Il étoit intitulé πῶς θαυμάσια C'est celui dont je donne aujourd'hui la Traduction. Tous les Lettrés de Constantinople l'attribuent à *Callimaque*, natif de Cyrene qui écrivoit sous *Ptolomée Philadelphe*, & sous *Ptolomée Evergete*, Rois d'Egypte. Il a fait un grand nombre de petits Poëmes dont on ne nous a conservé que celui-ci & la *chevelure de Bérénice*. Ce dernier

---

* Chef-d'œuvre de délicatesse, d'esprit & de volupté.

Ouvrage a été traduit par *Catulle* qui tra-
vailloit dans le genre de *Callimaque*. Ce
Poëte étoit auſſi fort bon Critique. C'eſt
lui qui diſoit qu'*un grand livre eſt un
grand mal* ; auſſi n'a-t-on de lui que des
Poéſies ſans prétention. Son Iſle m'a ſé-
duit par la nouveauté du Sujet & les peintures qu'il fournit en abondance. On ſen-
tira combien j'ai eu à lutter contre la licence du fond, & l'on me ſaura gré ſans
doute d'avoir toujours rendu mes expreſ-
ſions honnêtes, quand les idées ne l'étoient
pas. J'ai rencontré dans le *Manuſcrit*
des lacunes qui ſuſpendoient le ſens &
coupoient le fil de la narration. J'ai ſuppléé
à ce défaut par quelques vers de liaiſon,
que j'ai adaptés de mon mieux à la maniere de l'Auteur. J'ai ſupprimé des morceaux entiers qui répugnoient à la délicateſſe de nos mœurs, de notre langue &
de nos oreilles ; enfin j'offre ma Traduction au Public comme un tableau adouci
ſans être altéré, & dans lequel on a diſtribué des ombres, afin d'inviter l'œil à
s'y repoſer plus long-temps.

Le Conte qui ſuit eſt d'un Homme
du Monde qui ne ſe nomme pas, parce
qu'il penſe ſérieuſement qu'on doit ſe cacher, quand on s'aviſe de faire des Contes
après *la Fontaine*.

L'ISLE
MERVEILLEUSE,
POEME.

CHANT PREMIER.

AUx peupliers qui bordent mon féjour,
J'avois juré de fufpendre ma lyre,
De refpirer, d'être heureux fans délire,
D'ofer fur-tout être heureux fans l'Amour :
J'avois juré ; mais je l'ai vu fourire,
Et fur fon aîle il emporte aujourd'hui
Tous les ferments que j'ai faits contre lui.
Ce Dieu ramene un transfuge volage,
Il me promet de nouvelles erreurs,
Des fens nouveaux, les defirs du bel âge,
Me dit fans ceffe, en m'offrant fes faveurs,
Vois-tu le temps qui moiffonne les fleurs,
Il t'avertit d'en femer fon paffage ?
Quand l'Amour veut, qui pourroit échapper ?
Je vais chanter ; je vais chanter & j'aime :
Il m'a foumis, & je plains, en moi-même,
Les malheureux qu'il ceffe de tromper.

CE bel Enfant d'une mere plus belle
De fon pouvoir s'applaudiffoit un jour ;

Défioit Mars, se mocquoit de Cybele ;
Et provoquoit tous les Dieux à leur tour :
De Jupin même il bravoit la colere ;
Lui soutenoit qu'inspirer un desir ,
C'étoit bien plus que lancer le tonnerre ,
Et que le droit d'épouvanter la Terre
N'égale pas le droit de l'embellir,
Le Souverain de la voûte éthérée
Fronce un sourcil , & fait trembler les Cieux :
Vulcain pâlit , Vénus fuit éploree ;
L'amour s'échappe , & vole à d'autres jeux.
Dans son courroux le Monarque suprême
Promet au Styx , qui frémit du serment ,
D'humilier l'audacieux Enfant,
Et veut qu'enfin il convienne lui-même,
Qu'un autre est maître, & l'Amour dépendant.

Sous le beau Ciel , où l'or des Hespérides
Pend en festons aux arbres jaunissants ;
Du sein des flots, d'écume blanchissants ,
Divisant l'onde en deux ramparts liquides
Une Isle sort , s'éleve dans les airs ,
Monde flottant , inconnu sur les mers.
Cent rocs épars lui servoient de ceinture :
Autour des murs la vague par torrent
Avec fracas sans cesse murmurant
La séparoit de toute la Nature.
Malgré Neptune & les flots écumants,
Quiconque osoit , d'un pied trop téméraire
Franchir ces bords ; frappé par le tonnerre ,
Tomboit soudain sur les rochers fumants.
De ce dehors redoutable & sauvage
L'Isle au dedans console & dédommage ;
Ce sont par-tout de limpides canaux,
De longs remparts tapissés de verdure ,
Des arcs de fleurs , de flexibles berceaux ,

De

Des demi-jours perçant leur voûte obscure,
De frais réduits de rocailles ornés,
Des bois épais , de roses couronnés,
Où d'une source on entend le murmure.
L'onde plus loin, jaillissant dans les airs,
Brille , s'épanche en gerbes colorées,
Vient rafraîchir les tiges altérées,
Et va baigner les riants belveders ,
D'où l'œil commande à ces belles contrées,
Sous un Ciel pur, respecté des hyvers.

ORDRE à l'Amour (sous la peine terrible
D'être plongé dans le fond des Enfers)
De fuir toujours cet Empire paisible,
Seul à ses loix soustrait dans l'Univers.
Mais le destin qui rit d'un vain obstacle,
Et devant lui voit tous les temps ouverts,
Rendit alors cet infaillible oracle :
» Lorsqu'à cette Isle , en volant parvenu,
» S'ira poser sur le bois solitaire
» Un grand Oiseau, dans les airs inconnu,
» Et que sept fois levant sa tête altiere,
» D'un clos de fleurs , jusques alors fermé,
» Il aura sçu repousser la barriere ;
» Tout rentrera dans l'ordre accoutumé.

LE Créateur de cette Isle nouvelle
M'en a lui-même expliqué les secrets ;
Et dans ce jour tout ce qu'il me révele,
Aucun Mortel ne l'entendit jamais.
Ceux qui peuploient la belle Colonie,
Naissoient , Amour, sans ton pouvoir divin,
Sans le secours de ta douce féerie,
Et Jupiter , en leur donnant la vie,
Brava tes droits & te fit un larcin.
Blancheur de lys, sourire, port céleste,
III. Partie.   G

Traits délicats, ensemble intéressant ;
Ils avoient tout, (un Dieu m'en est garant)
Hors le plaisir qui vaut seul tout le reste.
Nuds & charmants, ils ne s'en doutoient pas ;
De chaque sexe ils ignoroient l'usage,
Et, sous leurs dais de myrthe & de lilas,
En pure perte alloient chercher l'ombrage.

COMBIEN hélas ! d'inutiles attraits !
On eût jugé qu'Amour les fit exprès,
Pour cette ivresse & sympathique & pure,
Ce trouble heureux & ces transports secrets,
Ame de feu qui nourrit la Nature ;
Mais tout périt sans l'ardeur du desir,
Tout reste oisif : c'est l'active étincelle,
Qui, pénétrant la masse universelle,
Va rallumer le flambeau du plaisir.
Ce Sexe même, illustré par Alcide,
Et respecté d'un Sexe plus timide,
Dans ces climats languit dégénéré :
Il a perdu ce maintien révéré,
Qui fait rougir la beauté qu'il décide.
Les yeux sereins, & jamais attendris,
De leur côté nos belles Insulaires,
Ne savent rien des amoureux mysteres,
Froides Vénus de ces froids Adonis.
Que sur leur sein un doux baiser repose,
Leur sein n'éprouve aucun frémissement :
Si de leur bouche on va presser la rose,
Même froideur, jamais un sentiment.
Eh ! dans quels lieux, sur quelle aimable rive
Dût-on jamais ressentir plus d'ardeur ?
Où la Beauté fut-elle moins captive ?
Sans le donner, tout y peint le bonheur.
Retracez-vous chaque molle attitude,
Et ces rondeurs, & ces contours charmans,

Tous ces replis, tous ces enlacements,
Formés sans art, & groupés sans étude :
Je crois les voir ces êtres languissants
Sous mille aspects varier leur posture.
Couchés, croisés, assis sur la verdure,
Heureux enfin, s'ils avoient eu des sens !
Ici Dirphé, pour entrer au bocage,
Se courbe & glisse à travers le feuillage.
Que de secrets alors Dirphé trahit !
Dirphé plus loin veut atteindre un branchage,
Saute, retombe & toujours s'embellit.
Mélas languit dans les bras de Cinare,
Respire en paix l'haleine des zéphirs,
Et ne sçait pas, lorsque sa main s'égare,
Qu'il touche au seuil du temple des plaisirs.

Ce n'étoit pas cette seule ignorance
Qui distinguât un Peuple aimé des Dieux.
De nos besoins l'éternelle affluence
N'approche point des hôtes de ces lieux.
Sylphes nouveaux, leur magique substance,
Des alimens que le Ciel nous dispense,
Ne connoît pas les sucs contagieux.
Leurs corps légers croissent sans nourriture ;
De toutes parts, des Zéphirs bienfaiteurs
Vont leur porter l'esprit subtil des fleurs,
Et les parfums qu'exhale la Nature.
Vous les verriez sur le bord des ruisseaux,
Natter des joncs, tailler des arbrisseaux ;
Flore à leurs soins confia ses abeilles,
Et les chargea de dresser ses corbeilles.
Ils vont souvent se jouer dans les eaux,
Souvent aussi, regagnant leurs berceaux,
L'Art d'Arachné dans leurs mains se déploie :
L'aiguille agile, émule des pinceaux,
Anime l'or, fait respirer la soie

Sur des tissus, que Palès leur envoie,
Pour y tracer de champêtres tableaux.

Un jour se passe à des luttes légeres ;
A provoquer les échos solitaires :
Une autre fois, on court dans les forêts ;
On se poursuit, on se cherche, on s'évite :
Ils fendent l'air ; le vent rase moins vîte
La frêle tige & le verd des bosquets.
Quand la nuit vient, le sommeil, par des songes
Choisis pour eux, les berce dans ses bras :
Le sommeil seul peut, avec ses mensonges,
Remplir leurs nuits, qu'Amour ne remplit pas :
Mais ce n'est point ce calme redoutable,
Fils du besoin & frere de la mort ;
Cet oubli morne, où l'homme entier s'endort,
Appesanti sous un bras indomptable :
Ce n'est pour eux qu'une foible vapeur,
Qui naît soudain, est soudain éclipsée,
Qui sans l'éteindre offusque la pensée,
Et les distrait par un moment d'erreur.

Rien sur leurs fronts ne ternit la jeunesse :
Leurs cœurs glacés ne craignent rien du temps :
Comment vieillir, quand on vit sans ivresse ?
Les malheureux ! . . . ils n'ont pas nos tourmens.
Les tendres soins, l'espoir, la jalousie,
L'art de changer les heures en instants,
L'art de jouir n'abrégent point leur vie.
Eprouvent-ils ce penchant suborneur
Par qui la force à la beauté s'immole,
Qui nous détruit, qui pourtant nous console,
Illusion, trop semblable au bonheur.
Connoissent-ils la brillante couronne
Que ceint l'Amant, quand l'Amant est vainqueur
Le doux orgueil de regner sur un cœur,

Et d'expirer du plaisir que l'on donne ?
Qu'est-ce qu'un siecle écoulé sans amour ,
Sans le desir , sans la volupté pure ,
D'être adoré , d'adorer à son tour ;
De pleurer même au sein d'une parjure ?
Que le temps vole & me garde un beau jour !

Mais l'Amitié , cette Vierge céleste ,
Quand tout leur manque , est un bien qui leur reste ;
Je les plains moins : le cœur qu'elle a soumis ,
Dans ce séjour n'est jamais infidelle ;
Les sens jamais ne s'élevent contr'elle ;
Tous ces Mortels font un peuple d'amis.
Leur amitié n'est point cette Déesse
Tendre , éloquente , active tour-à-tour
Et dont la main avec délicatesse
Guérit les maux que nous a faits l'Amour ;
Elle est pour eux un sentiment tranquille :
Point de secrets qu'elle puisse épancher ,
Jamais de pleurs qu'il lui faille sécher ;
C'est loin des flots un Pilote inutile ;
Et sa douceur pénétre en cet asyle ,
Comme le jour dans le calme des Cieux ,
A son déclin , désarmé de ses feux ,
Se réfléchit sur un lac immobile.
Rien ne la trouble & ne vient l'allarmer :
Les Belles même , ailleurs toujours rivales ,
Là , n'ayant point de droits à reclamer ,
Graces au sort qui les rendit égales ,
Ont une fois le plaisir de s'aimer.
Chaste amitié , jouis de ta victoire ;
Mais ne va point encor t'en applaudir ,
Et dis tout bas , au milieu de ta gloire ,
» Un seul enfant pourra tout désunir.

CHANT II.

JEUNES Amans , sortons de notre ivresse ;
Je le vois bien , c'est trop se tourmenter ;
C'est trop servir une ingrate maîtresse :
Tout , dans l'amour , invite à déserter.
Je vous ai peint de tranquilles rivages,
Des jours sereins , l'absence des desirs ;
Mille beautés dans le fond des bocages ,
A ne rien faire occupant leurs loisirs ;
Des charmes nuds , caressés des zéphirs . . .
Embarquons-nous , ouvrons-nous les passages.
Où m'égarai-je ? Irons-nous , sans appui ,
De cent rochers franchir la vaste enceinte ?
Le feu du Ciel y laissa son empreinte :
Craignons la foudre . . . . & plus encor l'ennui.
Puisqu'il le faut , gardons nos infidelles ;
Soyons heureux , pour nous bien venger d'elles.
A leur exemple , ayons un cœur léger ,
Laissons leurs feux & mourir & renaître.
Eh ! que sçait-on ? nous les verrons peut-être ,
Nous revenir , à force de changer.

L'AMOUR déjà s'excite à la vengeance ,
Dans son empire il sent qu'il est borné.
Quand un lieu seul ignore sa puissance ,
Maître du Monde , il s'y croit enchaîné.
» Eh quoi , dit-il , un peuple téméraire
» Osera naître & respirer sans moi !
» Tous les humains méritent ma colere ,
» Fuyez plaisirs , laissons regner l'effroi.
De toutes parts ce n'étoient que murmures ,

Accents plaintifs , éternelles rigueurs ,
Sommeil des sens , même au sein des faveurs ,
Tristes dégoûts & pénibles ruptures.
Les oiseaux même , ardents à s'éviter
Dans la saison des renaissans feuillages ,
Ne faisoient plus entendre leurs ramages ,
Et s'aimant moins , oublioient de chanter:
Le Dieu vouloit qu'on sentit son injure :
Il s'en alloit , dans les champs , dans les bois ,
Lançant les traits du sinistre carquois ,
Et renversant tous les lits de verdure.

PLUS clairvoyant , il interprete enfin
L'oracle obscur , rendu par le destin.
Le grand Oiseau , c'est un Mortel sans doute ,
Qui dans les airs doit s'ouvrir une route ,
Du clos de fleurs défricher le terrein ,
Et rendre l'Isle à son vrai Souverain.
Dans cet espoir il tressaille de joie :
Avec orgueil son aîle se déploie ;
Il est parti , pour remplir son dessein.

DANS un hameau , de cette Isle voisin ,
Le beau Marsis , au printemps de son âge ,
Et non fletri par le précoce usage
De ce feu sourd qu'il cachoit dans son sein ,
Est le héros choisi pour la conquête.
Son sang bouillonne & son armure est prête.
Un tel guerrier ne combat point en vain ,
Le myrthe heureux doit ombrager sa tête.
Le long d'un pré que coupent des ruisseaux ,
Les yeux baissés , recueilli sans étude ,
Il promenoit sa vague inquiétude ,
Sous des palmiers qui joignoient leurs rameaux.
Rien ne lui plaît , ni danse , ni parure :

Il touche au terme, où las de fermenter,
Le doux v_olcan_ qui'allume la Nature,
Dans chaque veine eſt tout prêt d'éclater.

» L'AMOUR paroît, l'arrête & l'enviſage.
» Suis-moi, dit-il, ce n'eſt point une erreur :
» Je ſuis le Dieu qui préſide à ton âge ;
» Je ſuis le Dieu qui va guérir ton cœur.
» T'es feux ſecrets, Marſis, ſont mon ouvrage.
» Je vois déjà ton œil étinceler.
» Ton cœur va naître, & tes ſens vont parler.
» Mais, quel repos t'enchaîne à ce rivage ?
» Tu vois cette Iſle, il faudra m'y ſervir,
» Les champs de l'air devant toi vont s'ouvrir :
» Tu t'abbatras ſur cet épais feuillage :
» Au nombre ſept enhardis ton courage :
» Va, crois l'amour, & connois le plaiſir.

A ce diſcours le jeune homme s'incline.
Quand l'Amour parle, on s'enflamme aiſément ;
Et l'eſpoir ſeul du bonheur qui l'attend
Remplit Marſis d'une chaleur divine.
Le Dieu commande, il ſouſcrit à ſes loix,
Le voilà nud, tout ſemblable à ſon maître ;
Qui, parcourant les tréſors qu'il fit naître,
Rit en ſecret d'avoir fait un bon choix.
En même temps il détache ſes aîles,
Puis les eſſaye à l'Icare nouveau.
Ainſi paré, le Paſteur eſt plus beau,
Et ſemble fier de ſes graces nouvelles
Qu'il voit briller dans le criſtal de l'eau.
L'arme n'eſt rien, il faut encor l'audace.
D'abord il tremble en meſurant les Cieux.
Comment franchir cet effrayant eſpace ?
Foible Mortel, c'eſt inſulter aux Dieux.
Il tente enfin, prend l'eſſor, & ſuccombe,
Haſarde encor, vole plus haut, retombe ;

MERVEILLEUSE.

S'inftruit, s'éleve & fe plaît à ces jeux :
Son guide alors enhardit fon ivreffe,
Flatte, confeille, anime tour-à-tour :
Marfis s'élance, &, grace à fa jeuneffe,
Se fert déjà des aîles de l'Amour.
Le Dieu furpris de cet élan rapide,
Appelle encor, craint, efpére à la fois :
Mais, emporté dans ce vafte fluide,
L'éleve fuit, & n'entend plus la voix.
Que deviendra, dépouillé de fes aîles
L'Enfant malin ? Dieux ! s'il étoit furpris !
S'il furvenoit quelques nymphes cruelles !
Ne pouvant fuir, il feroit bientôt pris.
Il faut le voir, redoutant l'efclavage,
S'effaroucher au feul bruit du feuillage.
Mais auffi-tôt Zéphire officieux
L'enveloppant de l'azur d'un nuage,
Dans un jardin l'enleve à tous les yeux.
Flore fourit en le voyant fi fage,
De nœuds de fleurs charge le Dieu volage,
Et dans fes bras lui fait trouver les Cieux.

HÔTE nouveau de la plaine éthérée,
Marfis s'abbat fur la forêt facrée.
Qu'apperçoit-il dans fes détours fecrets ?
La fraîche Irza, cette heureufe Infulaire,
Que le deftin avoit conduite exprès
Dans l'épaiffeur de ce bois folitaire,
Pour y remplir les éternels décrets.
En longs replis fa noire chevelure
Forme autour d'elle un beau voile mouvant,
Voile jaloux, importune parure,
Que fait aller, que dérange le vent,
* Tant de beautés font tour-à-tour éclofes,

* Le Poëte, par une faveur fpéciale des Dieux
G G.

A son Amant prodiguer tous ses feux,
Le caresser, le caresser encore,
Lui rendre enfin l'ame qu'il fit éclorre,
Et s'embellir en le voyant heureux?
Triste pudeur, qu'on prend pour l'innocence,
Ton vain prestige & ton art séducteur,
Valent-ils donc la pure jouissance,
L'égarement, le désordre flatteur
D'une Beauté qui tombe sans défense,
Et peut sans crainte adorer son vainqueur.

　　» QUE m'as-tu fait, dit Irza d'un air tendre?
　» Quel Dieu t'envoie? ou n'es-tu pas un Dieu?
　» Tu l'es sans doute; oui; j'en ai cru ce feu,
　» Ces biens si doux qu'un Dieu seul peut répandre.
　» Vois-tu mon sein comme il est enflammé!
　» Vois comme il bat ... Viens, ô mon bien aimé,
　» N'as-tu donc plus de secrets à m'apprendre?
　» Que tu me plais! approche, serre-moi ...
　» Je brûle encor ... qu'est-ce donc qui t'arrête? ...
　» Viens, dans mes bras viens reposer ta tête,
　» Je ne respire & ne vis que par toi.

　　Jouis, Irza, d'une volupté pure,
Saisis l'instant, il va s'évanouir;
Le Ciel hélas! fait payer le plaisir,
Et la douleur te rend à la Nature;
Pour toi l'amour vient de naître aujourd'hui
Tous les besoins vont renaître avec lui. *
　» Mon bien-aimé, qu'éprouvé-je, dit-elle?
　» Je m'affoiblis, mon corps tremble, il chancelle,
　» Et loin de moi le calme s'est enfui.

_____

* Les Anciens dans leurs ouvrages les plus frivoles avoient toujours une espece de but moral; c'est un
défaut qu'on ne s'avisera pas de reprocher à la plupart des Poëtes modernes.

» Ah ! que ta bouche humecte un peu la mienne ; *
» Mets fous ma tête un bras qui la foutienne.
» Dieu de mon cœur , tu me dois ton appui.

A fes côtés , Marfis pleure , foupire ,
Dans la forêt pouffe des cris perçans.
» O Dieux , dit-il ; protégez deux amans :
» Sauvez Irza ; vous voyez qu'elle expire . . . .
La terre encor renferme fes préfens :
L'onde tarit fur les fables ardens :
Infortuné , l'Amour dût mieux t'inftruire.
Aux pieds d'Irza le voilà renverfé :
Par elle encor il fe fentoit preffé ,
Brûlant d'ivreffe , & baigné dans les larmes ,
De fon Amante il dévore les charmes ,
Et dans fon trouble il va compter enfin
Le nombre heureux marqué par le deftin.

LA foudre gronde , & le charme commence.
Dans ces rochers l'onde murmure & fuit :
De nouveaux dons la Terre s'embellit ,
Et de fes flancs voit germer l'abondance.
Chaque buiffon fe transforme en verger :
† L'Anana croît ; la grenade vermeille
Mêle fa pourpre à l'ambre de la treille ;
Des pommes d'or parfument l'oranger.
Vole, Marfis. Dans la fource naiffante
Il va puifer la liqueur jailliffante.
Levres d'Irza , que féche la chaleur ,
Goûtez cette eau , favourez fa fraîcheur.

* Callimaque dans ce Morceau défigne la foif &
la faim. J'ai retranché ces peintures qui m'ont paru
défagréables.
† J'ai fubftitué ces fruits à ceux dont l'Auteur
parle , & dont les noms ne nous font pas connus.

ELLE renaît, se souleve, respire,
Ouvre les yeux pour voir son bienfaiteur.
Ah! que d'amour embellit son sourire!
Soudain Marsis court moissonner les fruits
Que sous ses pas un sable aride enfante,
Cueillis à peine, aussi-tôt reproduits,
Et s'élançant de leur tige odorante.
Que j'aime à voir le plus beau des Amants,
Qui, sur un bras soulevant son Amante,
De l'autre encor sur sa bouche expirante
Suspend les fruits, dont les sucs nourrissans
Vont appaiser l'ardeur qui la tourmente?
Ton front, Irza, retrouve ses couleurs,
Et ton cœur bat sous la main qui l'anime.
Console-toi, chere & tendre victime,
Un seul baiser ressuscite les fleurs.
Ivre des biens que l'Amour te ramene,
De ce baiser, tu ressens les effets:
Tu vois déjà disparoître la peine,
Et ris des maux, pour compter les bienfaits.

La nuit s'approche, & couvre de son ombre
Nos deux Amants qui sçauront l'embellir.
Conduisons-les dans cette grotte sombre:
Du frais des nuits il faut les garantir.
On a chanté la septieme victoire;
Et le sommeil pourroit avoir son tour.
Je n'en crois rien: Marsis, pendant le jour,
A contenté le destin & la gloire;
Il est Amant; il va servir l'Amour.

CHANT TROISIEME.

Vous qui penſez que mon héros préfére
Un froid repos à de tendres combats ;
Environnez la grotte ſolitaire ;
Jugez vous-même, & ne m'en croyez pas :
Mais, pour mieux voir, que l'Amour vous éclaire,
Interceptez, à travers les rameaux,
De cent baiſers le bruit involontaire,
Et le doux choc des amoureux travaux.
Obſervez bien ce que fait l'Inſulaire ;
Si dans ſes bras Marſis eſt occupé ;
Et revenez, inſtruits de ce myſtere,
Me dire après, qui de nous s'eſt trompé.

Pendant le calme & la langueur profonde
Où le ſommeil enchaîne les humains ;
Quand les erreurs des ſonges enfantins
Semblent jouer ſur le globe du Monde ;
Tout va changer dans ces lieux innocens.
Aux loix du Sort la Nature docile.
Vient transformer les habitans de l'Iſle,
S'en emparer & leur créer des ſens.
Sublime effort digne de la Nature !
Dans les canaux, déſormais producteurs,
Déjà ſa main inépuiſable & ſûre
Verſe à longs traits les ſucs réparateurs,
Le ſang s'allume, & la flamme l'épure.
Le germe actif de la fécondité
Fermente, s'ouvre une route inconnue :
Le ſentiment coule, ſe diſtribue,
Et donne enfin un ſceptre à la beauté.

MAIS, quel réveil ! qui pourroit le décrire ?
On s'examine, on s'étonne, on se fuit :
L'homme enflammé se contemple, s'admire.
Tremble à l'aspect du trait qui le poursuit.
Le plaisir naît, & l'homme encor soupire,
Son souffle brûle, & soudain arrêté
Enfle son sein, doucement tourmenté.
Pour échapper au charme qui l'attire,
Il se relève, il tombe épouvanté ;
Cet effort même achève son délire,
Et tout son corps frémit de volupté.
Non loin de lui, sa compagne, plus belle :
Déjà se rend à l'instinct qui l'appelle,
Et laisse voir, en ce grand changement,
Moins de surprise, & plus d'enchantement.
Tout l'attendrit, rien encor ne l'allarme :
Chaque desir lui montre un nouveau charme ;
Elle renaît plus amoureusement.
Son œil par-tout s'égare, se promène :
Le sein l'arrête, un autre appas l'entraîne ;
Un autre encore ; elle ose parvenir,
Se reposer au centre de l'ivresse ;
Et ses beaux yeux, qu'un doux nuage affaisse,
Sont inondés des vapeurs du plaisir.

L'AURORE enfin, témoin de ce ravage,
Revient dorer la cime des forêts.
Voici l'instant où va gronder l'orage :
Le desir croît, à l'aspect des attraits.
Figurez-vous cette amoureuse lutte,
Et des combats le geste avant-coureur ;
Et ces beautés que la force dispute.
L'instinct agit, il se change en fureur.
Vous eussiez vu les femmes éperdues,
Sur le gazon mollement étendues,
Comme de fleurs que de contraires vents

Veulent ravir au fouffle du Printemps.
L'écho par-tout ne rend que des murmures,
Bruit des baifers, accens interrompus :
L'orgueil déjà fait naître les refus,
Et les tranfports font bientôt des injures.
La jaloufie ajoute à ces horreurs ;
Le fang ruiffelle, il va noyer les fleurs,
Et l'Amitié, l'Amitié qu'on outrage,
Voilant fon front, fe cachant d'un nuage,
Quitte ces lieux, qu'elle arrofe de pleurs.
Sous les bofquets Nymphes épouvantées
Errent, pour fuir ce funèbre débat,
Et vont, au font des grottes écartées,
Cacher le prix pour lequel on combat.
On franchit tout, ronces, buiffons, feuillage ;
Et les defirs, légers perfécuteurs,
Que cette fuite enflamme davantage,
Hâtant leur vol, font toujours les vainqueurs.
De rocs en rocs, de bocage en bocage,
Ils ont atteint le bois fombre & facré,
Où, fans prévoir cette jaloufe rage,
Au fein d'Irza Marfis eft ignoré.
Il voit de loin la troupe frémiffante,
Et, faififfant un branchage noueux,
Forme à la hâte autour de fon Amante
De troncs brifés un rempart épineux.
Vers fes rivaux Marfis vole & s'élance,
Il fend les airs : les aîles de l'Amour,
Les yeux d'Irza le fervent tour-à-tour :
Que de Beautés l'obfervent en filence !
Toutes bientôt, admirant fa valeur,
Forment des vœux pour qu'il foit le vainqueur,
Et pour qu'Irza pleure fon inconftance.
Deux combattans font déjà terraffés.
Sur elle alors l'œil de Marfis s'arrête :
Chaque regard lui vaut une conquête ;

Deux plus hardis sont encor renversés
Tel un Lion , quand le chasseur Numide
Ose attaquer ses jeunes lionceaux ,
Les crins dressés , le regard intrépide ,
Vient s'opposer aux mortels javelots.
On tremble au loin , ses ardentes prunelles ,
Teintes de sang , dardent des étincelles ,
Et son courroux fait rugir le échos.

Tout est calmé : des lyres amoureuses
L'accord brillant résonne dans les airs ,
Et les oiseaux à ces tendres concerts
Ont marié leurs voix mélodieuses.
Sur les débris des rameaux dispersés ,
Du haut des Cieux on voit pleuvoir des roses ,
Et , désarmés par ces métamorphoses ,
Nos combattans sont tous entrelacés.
Moins animé , leur regard est plus tendre ,
Ils vont jouir ; & l'Amour va descendre.

L'Amour paroît déployant ses grandeurs.
Mille zéphirs groupés sur un nuage
D'or & d'azur vont semant son passage ,
Et balançant un pavillon de fleurs ,
Qui sur sa tête étendent leur ombrage ,
Et dans la nue impriment leurs couleurs.
Du vaste sein des célestes demeures ,
S'élance & fuit son char le plus brillant ,
Qui dans les airs étincelle en roulant ,
D'un vol rapide emporté par les heures.
Il s'applaudit , & , le front plus serein ,
Tient en jouant un globe dans sa main.
A ses côtés voltigent les caprices ,
Le faux espoir , les parjures soupirs ,
Le fier dépit , les tendres artifices ,
Tous ces tourmens , dont il fait des plaisirs.
Comme il triomphe , en parcourant cette Isle

MERVEILLEUSE.

A fon pouvoir fi long-temps indocile !
Mais, pour fonder quels font les vœux feérets
Mafquant fa joie, en conquérant habile
Il dit ces mots à fes nouveaux Sujets.
» Peuple charmant, tu connois ma puiffance ;
» Mais fi tu hais l'Amour & fes combats,
» Je puis te rendre à ton indifférence ;
» Parle, & choifis... Le Dieu n'acheve pas.
Vive l'Amour, eft le cri qui s'éléve,
Cri de l'inftinct, le fentiment s'acheve.
De l'Amour feul on implore l'appui ;
C'eft par fes foins que l'Ifle vient de naître ;
On aime mieux, fous les loix d'un tel Maître;
Vivre un inftant, qu'être immortel fans lui.
Fiers de remplir la loi qu'il a prefcrite,
En ce moment, les zéphirs de fa fuite,
Volant autour du Monarque enfantin,
Laiffent tomber de leur fraîche corbeille
Simples habits & tuniques de lin,
Pour garantir la Beauté qui fommeille ;
Tiffus nués, où la rofe vermeille
Par fon éclat trompe l'œil de l'abeille,
Voiles d'azur, & chapeaux de jafmin.
Parmi ces dons, ces parures légéres,
L'Amour encor mêla des panetieres,
Des lyres d'or avec des chalumeaux ;
Des arcs, des traits, les carquois les plus beaux,
Tout ce qu'il faut pour armer des Bergeres.
Le Dieu fourit, il ordonne, & foudain
Sur tous les fronts voit naître la décence :
Chaque Beauté, fuyant fon œil malin,
Eft plus timide avec moins d'innocence.
Tous à la fois courent aux vêtemens,
Qu'Amour façonne, & change en ornemens.
Alors le Dieu, plein de rufes nouvelles,
Fait aux Amans figne de s'éloigner,

Et refté feul, entouré de leurs Belles,
Cède au plaifir de les endoctriner.

» NYMPHES, dit-il, en fouriant encore;
» Otez à l'œil le temps de s'affoupir ;
» Ce qu'il devine, il le fçait embellir :
» Voilez un charme, & mille vont éclorre ;
» La nudité fatigue le defir.
» Pour l'éveiller, la pudeur m'eft utile ,
» C'eft mon fecret ; c'eft un jeu féduifant ,
» Qui du bonheur rend l'accès moins facile.
» Mais il la faut employer fobrement.
» Prêtez de grace une oreille attentive.
» Les Cieux fur vous ont femé les attraits ;
» Eh ! que font-ils, fans mes autres bienfaits ?
» Naiffantes fleurs, c'eft moi qui vous cultive.
» Tout, dans l'Amour, n'eft qu'un rafinement.
» A vos traits feuls défendez l'impofture ;
» Et , croyez-moi , réfervez prudemment
» L'art pour vos cœurs, pour vos teints la Nature
» Près de trahir un trop crédule Amant,
» Jurez-lui bien de n'être point parjure :
» Je ferai là, pour rire du ferment.
» D'un air naïf verfez des pleurs perfides :
» Sachez vous rendre , & fur-tout refifter.
» Intimidez les defirs trop avides ,
» N'effrayez pas ceux qu'il faut exciter.
» Feintes langueurs , infidieux fourire ,
» Tranfport charmans, quoiqu'ils foient concertés,
» Rare abandon des fecrettes beautés,
» Employez tout, pour fonder mon empire.

ON applaudit. Ce code refpecté
D'un Peuple heureux compofa les archives ;
Et , grace aux foins des Amantes naïves ,
De point en point doit être exécuté.

De ce moment font nés tous ces myfteres,
Tous ces détours du peuple féminin :
Quand des bergers font trahis des Bergeres,
C'eft de l'Amour un traité clandeftin.
Feindre d'aimer & devenir volage,
Briguer nos vœux, pour s'en moquer après,
D'un cœur donné faire un triple partage,
Par nos tourmens illuftrer fes attraits,
Pour la beauté c'eft plus qu'un badinage ;
C'eft obéir à des ordres fecrets,
Et qui s'en plaint, fait aux Dieux un outrage.

PAR l'Orateur trop long-temps exilés,
Tous nos Amans font enfin rappellés.
L'Amour alors fait élever un trône :
En grande pompe on y place Marfis,
Qu'il a nommé Roi du Peuple conquis.
Il tient le fceptre, Irza tient la couronne.
Le beau Paftaur, dans ce riant féjour,
Voit à fes pieds fes Sujettes nouvelles.
On prévoit bien ce qu'il fit de fes aîles :
Aimer Irza, c'eft les rendre à l'Amour.

INVOCATION
A LA FONTAINE.

Du fond des immortels bocages ;
O la Fontaine, inspire-moi ;
C'est en badinant comme toi
Que l'on se place au rang des Sages.
Dans ces vers tout prend une voix,
Aigle, corbeau, renard, panthere ;
Et l'on diroit à la maniere
Dont tu peins leurs mœurs & leurs loix ;
Que les animaux une fois
T'ont parlé, pour toujours se taire.
Oui, la Nature à ton bureau
Te confioit tout à l'oreille ;
Le Peintre est sûr de son tableau,
Quand c'est elle qui le conseille.
L'Amour qui te doit ses succès,
Et plus d'une heureuse nuitée,
L'Amour respire en tes portraits,
Et tu rimas sous sa dictée
Les plus jolis tours qu'il ait faits.
Quelquefois ta verve s'allume,
Et déconcerte la pudeur ;
Mais la licence de ta plume
Prouve elle-même ta candeur.
Que je regrette ton génie,
Ton abandon, ta bonhomie,
Ton style, image de ton cœur !
Notre siecle métaphysique
Est barbare à force d'esprit ;

Chaque Muse mélancolique
Se complait dans ce qu'elle écrit.
Fais que j'échappe à l'influence ;
J'ai comme toi bien du loisir
Avec beaucoup d'insouciance ;
Comme toi j'aime le plaisir ,
Et là finit la ressemblance.
Prête-moi tes moindres pinceaux ;
Que de loin je suive tes traces ;
Je n'aspire point à tes graces ,
Trop heureux d'avoir tes défauts !
Peindre mes goûts , mes rêveries ,
Ou dans quelques vers négligés
De nos femmes sans préjugés
Anoner les tendres folies ;
Voilà tout l'honneur que je veux.
Je ne brigue point les suffrages ;
Que le temps me laisse les jeux ,
Et qu'il emporte mes ouvrages.

ALPHONSE ,

ALPHONSE,
CONTE.

LE Roi Henri (de Caftille s'entend)
Eut autrefois une Cour jeune & lefte.
Il étoit beau, magnifique, & galant :
Tout ce qui rend un Prince féduifant
En apparence, il l'avoit & de refte ;
Il étoit fort, fur-tout en madrigaux.
Dans fon babil il exhaloit fon ame,
Et poffédoit tous ces menus propos
Qui font tourner la tête d'une femme,
Et que les Rois rendent toujours nouveaux.
Auffi d'attraits un brillant affemblage
Fit du Palais un féjour enchanté ;
Le vice aimable y tentoit la plus fage,
Et par l'exemple on étoit emporté.
L'amour fait loi, la foibleffe eft d'ufage.
A des tournois on confacroit les jours,
Et dans la nuit, favorable aux careffes,
On recevoit de fes jeunes maîtreffes
Le myrthe heureux treffé par les Amours.
Qui l'auroit cru ? Dans ces luttes charmantes ;
Le feul Henri languiffant, abbatu,
Indécemment outrageoit fes Amantes,

Partie III.   H

Et leur faisoit regretter leur vertu.
De tels éclats choquoient leur modestie :
Déjà plusieurs en murmuroient tout bas,
Mais par orgueil remettant la partie ,
Contre un tel fort armoient tous leurs appas.
Rien. On mettoit outrages sur outrages ,
Ces Dames-là ne s'entêterent pas ,
Et rirent bien d'avoir été si sages,
Si l'on peut rire en un semblable cas.
Je plains Henri : les mines du Potoze
Ne valent pas un desir satisfait ,
Le trône est bon , mais il faut autre chose ,
Il faut jouir, pour regner en effet.
Etre adoré d'une Amante bien tendre ,
Lui prodiguer , interceptant sa voix,
Mille baisers, qu'elle est prête à vous rendre ;
A mon avis voilà les premiers droits ,
Et dans ce jeu s'ils ont plus à prétendre
Les Laboureurs sont bien vengés des Rois....
Allons au fait : la nullité du Maître
N'a point passé jusques aux Courtisans ;
Ils ne sont point jusques-là complaisants.
Alphonse ici le prouvera peut-être ,
Mais prouve trop qui prouve à ses dépens.
Il eut , dit-on , sans compter la figure ,
La taille haute & le jarret tendu ,
Un sourcil noir , d'un très-flatteur augure ,
Le plus grand œil , que la Castille ait vu ;
C'étoit enfin Alcide en mignature ,
Et de sa force il n'avoit rien perdu ;
Si bien qu'il fut très-estimé des femmes :
Au prime abord toutes l'avoient jugé
Essentiel , fait exprès pour les Dames ,
Et pour l'avoir on s'étoit arrangé :
Il prospéroit ; c'étoit peu d'être utile ,
Et de verser de solides bienfaits ,

Il débitoit d'un ton noble & facile,
Ces riens charmans qui font tous nos succès,
Et déployoit, grace à cet art futile,
Même à Burgos tout l'esprit d'un Français.
Un seul objet à la loi de conquête
S'étoit souftrait malgré tous ces exploits :
Alphonse avoit & le cœur & la tête,
Le reste, non. Les sens pour cette fois
Quoiqu'Amour dit, n'étoient point de la fête.
Cette Beauté se nommoit Sandoval ;
De beaux yeux bleus, avec un teint d'albâtre,
Cette langueur qui vaut bien l'air folâtre,
Je ne sçais quoi qu'on définiroit mal ;
Rendoit déjà notre Alphonse idolâtre,
Et lui donnoit tout Burgos pour rival.
Mais soit orgueil, pudeur, caprice, adresse,
[Belles toujours ont d'arriere-desseins,
Et leur vertu ressemble à la foiblesse]
Sandoval lutte, & sous des yeux sereins
Elle s'applique à cacher sa tendresse.
Ce Conquérant, peu fait à s'arrêter,
Alphonse en vain, prioit, demandoit grace,
A ses pleurs même on osoit résister.
Déchu des droits qu'il dut à son audace,
Desirant tout, il n'osoit rien tenter,
Et languissoit autour de cette place,
Que vingt assauts ne purent emporter.
Les soins jaloux de ses autres maîtresses,
En le flattant ne le ramenoient pas ;
D'adroits refus valoient bien leurs caresses ;
Alphonse au juste estimoit leurs appas.
Un cœur trop vuide enfin se détermine ;
Lasses d'attendre, on le prit par famine.
Le désespoir les mit en d'autres bras,
Et de douleur osant tout se permettre,
Elles pleuroient, & se plaignoient tout bas.

H 2

Qu'Alphonse ainſi voulût les compromettre.
Il eſt trahi, mais eſt-il remplacé ?
Leurs ſens diſtraits laiſſent leur cœur glacé ;
Et ces Beautés que l'ennui rend perfides,
Comme des fleurs, ſur leurs tiges arides,
Redemandoient leur Soleil éclipſé.
Oublions-les pour voir ce qui s'apprête
Dans cette Cour. La femme de Henri,
Blanche de nom, fut, dit-on, trop honnête,
Car elle étoit fidelle à ſon mari.
Fidelle à quoi ? Blanche perdoit la tête :
Qui l'empêchoit d'avoir un Favori ?
Auſſi fut-elle ennuieuſe, ſtérile :
Pareille épouſe eſt un meuble inutile.
Scandaliſé de ſa ſtérilité,
Nicolas Pape, alors ſollicité
Contre elle oſa lancer ſes anathêmes,
Briſa ſes nœuds : les Papes de tout temps
Ont exigé que l'on fît des enfants,
Dans un beſoin ils en ont fait eux-mêmes,
Pour propager le nombre des croyants.
La pauvre Blanche, ainſi répudiée,
Se retournant vers ſon beau lit royal,
» D'un air confus diſoit, quel coup fatal !
» A qui, grands Dieux ! m'avez-vous mariée !
» Si jeune encor, un tel ſort m'eſt il dû !
» Vous le ſavez, & ma cauſe eſt la vôtre,
» Dieux protecteurs, j'aurois fait comme une autre
» Quelques enfants, ſi Henri l'avoit pu .....
» Et Nicolas ſous ſa foudre terrible
» Courbant mon front, hélas ! peu reſpecté,
» Fait cet outrage à ma fécondité .....
» Qu'on diſe encor qu'un Pape eſt infaillible.
C'eſt ſur ce ton qu'elle quitte Burgos.
Pour remplacer cette Reine dolente,
De Portugal on a choiſi l'Infante.

Interrompu dans ses galants travaux,
Alphonse alors, qui perdoit l'espérance,
Ne demandoit qu'un prétexte à l'absence,
Et soupiroit après des cœurs nouveaux.
Toute la Cour attendoit Henriette ;
Il est nommé pour l'aller recevoir,
Cet ordre est prompt, mais son dépit l'accepte,
Et par raison il s'en fait un devoir.
Pour Sandoval, elle est moins patiente ;
Ce départ brusque & qu'il semble hâter,
Cette froideur, cette joie indécente,
Qu'il laisse voir : tout prêt de la quitter,
L'âge d'Alphonse, & celui de l'Infante,
Tout l'inquiette, & tout vient l'attrister.
Sentant alors l'abus de la sagesse,
Elle commence à blâmer ses lenteurs,
Et voit fort bien qu'elle a manqué d'adresse,
Qu'il faut sçavoir mettre un terme aux rigueurs:
Qu'amour au moins veut cueillir quelques fleurs,
En attendant qu'on livre à son ivresse
Tout le butin des dernieres faveurs.
» Il part, dit-elle, & cet instant m'éclaire.
» Il m'oublîra : s'il étoit moins pressé,
» On pourroit voir ce qu'on auroit à faire :
» Mon tendre cœur est bien embarrassé,
» Et sa vertu ne le console guere,
» Il eût mieux fait de s'en être passé.

Le jour est fixe : Alphonse & son cortege
Prennent congé d'un air libre & joyeux ;
Et Sandoval se reproche un manege
Qui lui ravit ce qu'elle aime le mieux ;
En y tombant, elle apperçoit le piege,
Femme qu'on quitte a toujours de bons yeux.
L'Infante attend, abrégeons le voyage.
Mes chers amis, vous voilà transportés

H 3

Dans son Palais arrosé par le Tage ,
Tout à notre aise admirons ses beautés !
A peine encore elle a vu seize étés.
On conviendra que c'est là le bel âge ;
Et qu'il sied bien , même à des Majestés.
Qu'amour alors fait un joli ravage !
Près de l'Infante Alphose est introduit ,
Et ce qu'il voit passe la renommée.
Son œil se trouble & son ame enflammée
Vient d'oublier quel sujet l'a conduit ;
Il veut parler , il demeure interdit ,
Il perd la voix , mais l'Infante charmée ,
Quoiqu'il se taise , entend tout ce qu'il dit.
Imaginez le plus mince corsage
Qu'Amour jamais arrondir de ses mains ,
Levres de rose , invitant aux larcins ,
Un pied charmant , cet indiscret présage
De cent trésors , un peu plus clandestins ;
Un sein qui naît , parant tout ce qu'il touche ,
Et que l'œil baise au défaut de la bouche.
Cheveux d'ébene , en longs replis flottants ,
De grands yeux noirs , où l'esprit étincele ,
Faits pour changer des Sujets en Amants ,
Le feu d'Hébé , la fraîcheur du printemps ,
Mille autres riens qu'un seul geste revele ,
Un composé des attraits les plus doux ,
Et cet accord qui les embellit tous ,
Telle est l'Infante. A ce rare assemblage ,
Elle joignoit le goût vif des plaisirs ,
Ouvroit son cœur aux chatouilleux desirs ,
Et promit bien de n'être pas sauvage :
Même on disoit qu'un jeune & tendre Amant ,
Avoit déjà profité du ferment.
Henri , Henri , comme la Providence
Place sans choix les biens qu'elle dispense !
Que feras-tu d'un aussi beau présent ?

De son côté, l'ingénieuse Infante,
En Reine habile, en femme prévoyante
Choisit Alphonse en dédommagement.
Car, entre nous, cette voix indiscrette
Des bruits secrets éclatante interprete,
Multipliée en mille & mille échos,
Qui va des Rois divulguant les travaux,
Et leur pouvoir & leur magnificence,
Avec grand soin trahit leur impuissance.
Elle en avoit murmuré quelques mots,
Qui d'Henriette allarmoient la décence,
Si bien qu'Henri n'étoit point son héros :
Mais l'Envoyé semble fait pour lui plaire ;
Elle a jugé que le beau Castillan
Devoit donner dans un excès contraire,
Et ce travers entroit mieux dans son plan.
Que ce défaut dont on ne sçait que faire,
Et qui pour rien fait traîner le roman.
Elle a déjà dans l'oreille d'Alphonse,
Adroitement glissé de ces discours,
Qu'il n'entend pas pour écouter toujours,
Son embarras lui tient lieu de réponse.
Sur tant d'appas ses regards sont fixés ;
Il en découvre, il en découvre encore :
De la Beauté qu'en silence il adore,
Les traits sont tous l'un par l'autre éclipsés.
Il les parcourt avec l'œil du délire,
Aucun n'échappe à son ravissement,
Il croit tout voir, & pense au même instant,
N'avoir rien vu quand il la voit sourire.

Tout se dispose, & tout est ordonné.
La belle Reine à s'éloigner s'apprête,
De cent rubis son front est couronné ;
Burgos l'appelle, & Lisbonne l'arrête :
Burgos l'emporte ; on part. Tout le Palais

En ce moment retentit de regrets,
Et de ces cris ; vive, vive l'Infante !
Les yeux en pleurs, de jeunes Portugais
Sement de fleurs sa marche triomphante ;
Voudroient la suivre & toujours l'adorer,
Et l'on diroit à les voir soupirer
Que chacun d'eux perd en elle une Amante.

DANS son amour Alphonse anéanti
N'entend plus rien, ne voit rien qu'Henriette ;
De ses secrets son trouble est l'interprête,
Le cœur de l'une est par l'autre averti ;
Mais dans leur char les duegnes cruelles
Fléaux des ris, casuistes femelles
Veillent sur eux : leur œil assujetti
Se darde envain une furtive œillade ;
Devant témoins l'Amour est bien malade,
Le trait revient comme il étoit parti.
Alphonse ardent seche d'impatience,
L'Infante rit & s'applaudit tout bas :
Par étiquette affecte l'innocence,
Et cet art même est encore un appas.

BURGOS se montre, & des clameurs de joie
De toutes parts s'élevent dans les airs ;
D'un or tissu les chemins sont couverts,
Du Castillan le luxe se déploie.
La Reine enfin approche des remparts,
Le front brillant d'une gaîté nouvelle,
Elle se livre aux avides regards.
De mille apprêts la pompe solemnelle,
Les diamans, avec les fleurs épars,
Tout disparoît : on ne contemple qu'elle.
Le Peuple en chœur promet d'être fidelle,
L'amour inspire & reçoit le serment ;
Le Roi s'avance avec frémissement,

Et rougit feul de la trouver fi belle.
Mais qui peindra les femmes de fa Cour ?
Leur froid dépit , leurs fecrettes allarmes ,
Qui d'Henriette atteftent mieux les charmes
Que la louange & les chants d'alentour.
Trop de beautés , des graces trop parfaites ,
Cet art de plaire & de tout enchaîner
Sont de grands torts , que de jeunes Sujettes ,
Même à leur Reine , ont peine à pardonner.
Pour Sandoval ; quel jour ! quel jour horrible !
Elle étoit là dévorant fon orgueil ,
Et fon Amant pour une autre fenfible ,
Lui refufoit la faveur d'un coup d'œil.
» O fort , dit-elle ! ô fageffe fatale !
» Je le voyois à mes pieds abattu ,
» Il m'adoroit & ma fotte vertu
» Le laiffe aller pour chercher ma rivale !

LE foir fe paffe en fpectacles pompeux.
De toutes parts le falpêtre s'allume ,
d'Aftres nouveaux il enrichit les Cieux ,
Fait ferpenter , ou fait jaillir des feux ,
S'éleve en tige , ou retombe en écume :
Par un banquet on remplace ces jeux.
Sous un dais d'or la jeune Souveraine
Verfe à Henri le nectar le plus vieux.
Hélas ! hélas ! la prévoyance eft vaine.
Mille rubis devant elle apportés
Dans des baffins d'albâtre & de porphire
Sont de fa main aux Dames préfentés :
Elle orne tout d'un gracieux fourire.
Le Roi jouit ; voilà fon beau moment ;
Et par l'éclat de fa galanterie,
Je le foupçonne , il veut apparemment
Faire excufer fon autre œconomie.
Le bal furvient : chacun s'eft déguifé ,

H 5

On se lutine, on s'égare, on fredonne,
La foule roule, au flot on s'abandonne,
On s'estropie & l'on s'est amusé.

ENFIN voici l'heure de la retraite,
Temps du mystere, à l'amour destiné,
Et que l'Amant, dans son ame inquiette
Compte long-temps avant qu'elle ait sonné.
Henri la craint. On reconduit la Reine ;
Chacun alors se regarde en riant,
Et parle bas : ta disgrace est prochaine,
Pauvre Henri, la victime t'attend,
Et s'embellit pour augmenter ta peine.
On prend congé toujours en ricanant ;
Le Roi bientôt prétexte une migraine,
S'échappe & fuit dans son appartement.

SUR une couche, à grands frais préparée,
De franges d'or richement décorée,
L'Infante jette un regard douloureux,
Et des humains se croyant séparée,
D'un air distrait semble chercher les jeux,
Dont à Lisbonne elle fut entourée.
Plaisir, bonheur, tout échappe à ses yeux.
Que font l'éclat, le faste & la dorure,
Ces pavillons, ces rideaux somptueux ?
Du lit d'Hymen l'Amour est la parure,
Et tout son luxe est d'unir deux heureux.
Mouillant de pleurs sa couche solitaire,
» Eh ! quoi, dit-elle, en ces superbes lieux,
» Je perds l'espoir & d'aimer & de plaire ?
» Il me faudra renoncer à mes vœux,
» Et coucher seule, au moment que les Cieux
» Plus indulgents m'ordonnent le contraire !
» Si cela dure, & mon cœur me le dit,
» Le Pape va me déclarer stérile.

» En vérité j'en mourrois de dépit ;
» Je fçais fort bien que je puis être utile,
» Et ne veux point mettre un Pape en crédit.
» Mais à Burgos auffi que viens-je faire ?
» Je favois tout... Aveugle ambition !
» Alphonfe, Alphonfe étoit mieux mon affaire.
» Qu'en ce moment, Amour, je fois bergere ;
» Qu'il foit berger, & ce lit un gazon !

LORSQU'EN ces mots la plaintive Henriette
Se défoloit ; Alphonfe auffi troublé,
S'entretenoit de fa flamme fecrette,
Dont fes yeux feuls encore avoient parlé.
Qui pourra-t-il choifir pour interprete ?
Pour le fervir, comment tromper Henri ?
Un Roi n'eft pas comme un autre mari.
Alphonfe voit l'Infante & tous fes charmes,
Qui malgré lui vont être abandonnés,
D'aridité dépérir dans les larmes,
Et qu'Amour fit pour être moiffonnés.
» Dieux tous puiffants, dit-il avec tendreffe,
» Quoi, nul Amant, quoi ? nul baifer humain
» Ne rougira les lis de fon beau fein,
» N'entr'ouvrira fa bouche enchantereffe !
» Nul plus hardi n'égarera fa main,
» Et ne pourra mourir de fon ivreffe !
» Non, non, je jure... Il va pour fuivre ; Henri
Déjà fur pied, mande fon Favori.
Tous deux étoient confidents dès l'enfance.
Parmi des cœurs trop prompts à fe fermer,
Ne pouvant mieux placer fa confiance,
Le Roi l'aimoit, comme un Roi peut aimer.
Alphonfe vole avec impatience ;
Henri l'accueille, & fans plus de détours,
Lui tient, dit-on, à-peu-près ce difcours.
» Je regne, Alphonfe, & l'Univers m'admire

H 6

» J'ai beaucoup d'or & d'hommes fous mes loix ;

» Je fais la guerre & la paix à mon choix,

» Je puis fervir, je puis encor mieux nuire,

» Créer des loix, nommer des Généraux,

» Tout ravager, & punir qui me blâme ;

» Maître abfolu, je puis tout en deux mots,

» Et ne puis faire un enfant à ma femme.

» L'État pourtant demande un héritier ;

» Tel eft le vœu, telle eft la voix publique ,

» Je dois l'entendre & me facrifier,

» Un impuiffant.....peut-être politique.

» D'ailleurs je veux, & même dès ce jour,

» Déconcerter le fourire ironique,

» Et l'œil malin des femmes de ma Cour.

» Dans ce projet il faut qu'on me feconde ;

» C'eft fur toi feul que j'ai jetté les yeux,

» Sur tes talents tout mon efpoir fe fonde,

» Songe à remplir le plus doux de mes vœux.

» Il faut ce foir coucher avec la Reine...

» Oui, fers l'État, donne un fils à ton Roi,

» Deux, fi tu veux...fur-tout point de migraine ;

» Prouve ton zele, & fais comme pour toi.

» La Reine eft bien ; la chofe eft propofable ;

» Mais, cher ami, fois muet dans fes bras ;

» Un mot, un feul te rendroit trop coupable,

» Je te fçaurai fauver tout embarras ;

» De toi dépend le fort de la Caftille,

» Le mien, le tien, l'efpoir de ma famille ;

» On me contemple, & je me vois perdu,

» Deshonoré, fi je ne fuis cocu

» Je t'ai choifi pour ce rare fervice,

» Nul autre ici ne me l'eût mieux rendu ;

» Je te connois, & je te fais juftice.

» De Vice-Roi tu rempliras l'office,

» Et je t'accorde un titre qui t'eft dû.

D'ABORD Alphonse, étonné, confondu
Ne répond rien, croit que Henri s'amuse,
Ou bien qu'un songe en ce moment l'abuse:
» Ah ! dit le Roi, tu m'as trop entendu,
» Ferme, obéis, ce n'est point une ruse,
» Tu vois mon cœur, mon secret t'est connu;
» C'est me trahir que chercher une excuse.
Il presse, il prie, il devient éloquent;
Alphonse est jeune, & de plus est Amant,
Vain & crédule, il se laisse séduire;
L'objet qu'il aime est porté dans ses bras;
Sans nul obstacle il obtient tant d'appas,
Il ne voit plus dans quel piege on l'attire.
De son bonheur le jeune homme enchanté
Se livre entier à son brûlant délire,
Voit Henriette & céde à la beauté.
Il promet tout, sans que rien le retienne;
Alors Henri lui permet de sortir,
Et de ce pas, Sa Majesté Chrétienne
Court s'intriguer pour qu'il ait du plaisir.
Comment le Roi s'y prit dans cette affaire,
Par quels moyens le complot fut conduit,
Je n'en sçais rien, mais je sçais qu'il est nuit,
Qu'avec adresse & le plus grand mystere
Par le Roi même Alphonse est introduit
Près d'Henriette, & placé dans son lit.

LA jeune Reine en cette circonstance,
Veut voir venir, se croit toujours trop près;
Tremble, recule, & ne sçait quelle avance
Elle doit faire à qui n'en fit jamais.
Un choc léger du combat la dispense.
Plus enflammé notre heureux Vice-Roi
Prend du terrein, se hazarde en silence,
La main, la bouche ont bientôt leur emploi;
Toujours craintive Henriette balance;

Mais le plaisir enhardit l'innocence ;
Se défend-t-on, quand on n'est plus à soi ?
Alphonse a sçu rompre enfin les barrieres ;
Il met en jeu les doux préliminaires,
Ces riens actifs, ces préludes sçavants,
Qui des époux distinguent les Amants,
Disposent l'ame aux amoureux mysteres,
Et par degrés avertissent les sens.
O volupté, ces jeux sont ton ouvrage ,
L'instinct emporte, il faut plus pour le Sage,
Puisqu'il est vrai que le bonheur nous fuit ,
Appliquons-nous par un fréquent usage
A graduer l'instant qui le détruit....
C'est ce que fait Alphonse à la Princesse ;
Il la prépare aux grands événemens ;
La nuit s'écoule, il saisit les moments
Et veut enfin expliquer sa tendresse.
Heureux vainqueur, rien ne peut l'arrêter ,
Il est au Trône où Henri dût monter.
L'Amour est là qui tresse une couronne ,
A chaque prix qu'on vient de remporter ;
Dans ses calculs il se brouille , il s'étonne ;
Compte un trophée...un autre est à compter.
Le nombre croît & les desirs augmentent ,
La Reine dit , s'interrompant cent fois ,
» Vous impuissant ! ah ! Prince comme ils mentent ;
» Ah...... d'un baiser on lui coupe la voix.
L'Amour triomphe & rit de la réponse ,
A la réplique Hercule est toujours prêt ;
On l'a forcé de se taire , il se tait :
Mais c'est parler que d'agir comme Alphonse.
La Reine ici succombe à son ardeur ,
Et s'abandonne à son persécuteur ,
Au Dieu charmant , sous qui sa force expire ,
Son sein palpite , une tendre langueur
Charge ses yeux où se peint le délire ,

Sa bouche humide ébauche un doux sourire :
Tout ce défordre attefte fon bonheur,
Et le fommeil nonchalamment l'attire,
Laiffant toujours le defir dans fon cœur.
Alphonfe veille, il veille & brûle encore.
De tous fes fens le tact feul fut heureux,
Mais aux rayons de la naiffante aurore
Il veut jouir, s'enivrer par les yeux,
Et parcourir les charmes qu'il adore.
Il fonge à tout & n'en aime que mieux.
Ciel, quel tableau ! fon Amante appuyée
Sur un bras nu, mollement arrondi !
Grace au fommeil, une main fourvoyée ;
Hazard heureux, par l'amour applaudi.
Alphonfe à tout prodigue une careffe,
Par un baifer colore chaque attrait ;
Jeunes Amants jugez de fon ivreffe,
Tout ce qu'il voit eft un larcin qu'il fait.
Mais dans l'alcove, afyle du myftere,
Le jour pénétre : Alphonfe tremble, il fuit ;
Et, déteftant fa fuite involontaire,
Trouve un beau jour bien moins beau que fa nuit.
L'Aftre brillant au haut de fa carriere
Par fon éclat chaffe enfin le fommeil.
Dieux ! qu'Henriette eft belle à fon reveil !
Son œil laffé n'ofe voir la lumiere.
Dans elle encor tout peint l'enchantement ;
Son premier foin eft la reconnoiffance,
Et fes beaux bras, ouverts négligemment,
Sont étendus vers ceux de fon Amant,
Pour le payer des bienfaits qu'il difpenfe.
Elle gémit de chercher vainement
Et fent déjà les rigueurs de l'abfence.
Du lit d'Hymen elle ne peut fortir
Se leve, tombe ; un jour trop fort la bleffe :
Nous fçavons tous d'où vient cette foibleffe.

Cette fatigue est encore un plaisir.

» EDVIGE arrive, Edvige, son amie,
» Toujours admise aux secrets de son cœur.
» Viens, lui dit-elle, à toi je me confie ;
» Lis dans mes yeux, y vois-tu mon bonheur ?
» Y vois-tu bien que l'on m'avoit trompée ?....
» Henri, ma chere, est le plus grand des Rois ;
» De ses talents je suis encor frappée ;
» Je m'applaudis de vivre sous ses loix,
» Et sa vertu ne m'est point échappée.
» Le jour il plaît, il enchante la nuit.
» Depuis hier, que ne m'a-t-il point dit ?
» Il persuade, il soutient mon courage,
» Et contre Alphonse aguerrit ma pudeur :
» A mon époux je me dois sans partage ;
» Il le mérite, il est rempli d'ardeur.
» J'ai réfléchi ; les passions, Edvige,
» N'ont qu'un instant d'ivresse & de prestige
» Qui disparoît, & que le trouble suit ;
» Le présent vole & l'avenir afflige,
» Le devoir seul plaît à ceux qu'il conduit.
» Henri, crois-moi, m'allegera sa chaîne,
» Dans tous les temps la couvrira de fleurs,
» J'ose en répondre & d'ailleurs une Reine
» A ses Sujets doit l'exemple des mœurs.
De l'éloquente & sensible Henriette.
Un autre soin interrompt les discours.
Cent Courtisans assiegent sa toilette ;
Elle maudit en secret l'étiquette,
Mais, se pliant à l'usage des Cours,
Elle se masque & paroît satisfaite.
C'étoit à qui vanteroit ses beautés,
Ses longs cheveux, sa grace, sa noblesse,
Elle est l'aurore & Flore la jeunesse,
Vieux sobriquets de tout temps répétés.

De ses yeux seuls qu'un nuage environne,
On ne dit rien, vous devinez pourquoi :
Mais à l'oreille on se parle, on s'étonne
Qu'ils soient battus de la façon du Roi.
Le pâle Alphonse a bien l'air du coupable,
Plus à l'écart il paroît absorbé,
Son bonheur même est un poids qui l'accable ;
Il seroit pur, s'il ne l'eût dérobé.
Approche-t-il, à peine on l'envisage ;
Il avoit tout la veille, on le sçait bien,
Et maintenant on ne lui trouve rien,
Qu'un air novice, indécent pour son âge,
De l'embarras & le plus sot maintien.
Ce changement d'une nuit est l'ouvrage,
Et quelle nuit ! « c'étoit-là mon vainqueur !
» Quel choix affreux ! dit la Reine en soi-même ;
» Est-ce bien lui que j'amois & qui m'aime ?
» Et d'où sort-il ? Il est à faire horreur.

LE Roi paroît brillant comme la rose,
Il a l'œil net, & le teint reposé ;
Alphonse rit, en songeant à la cause ;
Du bon Henri le secret est aisé.
A son aspect Henriette s'anime,
Veut l'admirer & l'admirer encor,
Vole vers lui, trouve son teint sublime ;
Et dit à part, « cet homme est un trésor.
On se retire, & chacun se tourmente
Pour expliquer un tel enivrement,
Les merveilleux disoient en s'en allant,
» Si de Henri notre Reine est contente,
» Elle est humaine & n'est point exigeante,
» A peu de frais on sera son Amant.

FIGUREZ-VOUS le désespoir d'Alphonse,
A quel excès son orgueil est blessé !

Dans Henriette il trouve un cœur de bronze,
Ce qu'il enflamme est pour lui seul glacé :
Il a tout fait, il n'est rien qu'il recueille,
C'est lui qui plaît, c'est Henri qu'on accueille ;
Et par Alphonse, Alphonse est éclipsé.
Il est l'abeille, & le frélon moissonne.
Martyr le jour du bonheur de la nuit,
Plus il le fonde, & plus il le détruit ;
En l'adorant, la Reine l'abandonne,
De ses exploits lui fait perdre le fruit
Et le punit du plaisir qu'il lui donne.
Que fera-t-il ? De desirs consumé
Lui faudra-t-il, renfermant son ivresse ;
Simplifier & borner sa tendresse,
Etre odieux, pour être encore aimé ?

VINGT autres nuits complettent sa disgrace.
» Quoi, je m'épuise, en l'honneur d'un mari,
» S'écrioit-il, chaque exploit que j'entasse,
» Place une fleur sur le teint de Henri !
De sa colere à peine est-il le maître :
Il lutte encor, mais c'est en menaçant.
La nuit suivante il se fait reconnoître,
Ote à l'époux les myrthes de l'Amant.
Jouit enfin des transports qu'il fit naître.
De cette audace Henriette frémit,
Veut appeller, prétend qu'on la trahit,
Que d'un Roi lâche il se rend le complice,
Et qu'il devroit, devant elle interdit,
Rougir d'un bien surpris par artifice.
Alphonse insiste, il a toujours raison.
La dignité n'est point une défense
Contre le ton de sa vive éloquence.
De crime en crime, il obtient son pardon.

LE lendemain, (ce bruit semble une feinte)

Grace à l'Amour, à ſes fertiles ſoins ;
On dit en Cour que la Reine eſt enceinte.
Il eſt très-ſûr qu'on le ſeroit à moins.

Je vois d'ici le triomphe & la joie
De notre Amant trop prompt à s'engager :
Tout ſon bonheur dans ſes yeux ſe déploie ;
Et ſon orgueil lui maſque ſon danger.
D'un pied ſuperbe il effleure la terre,
Ce globe vil n'eſt pas digne de lui,
Il eſt aimable, heureux & téméraire,
C'eſt pour lui ſeul que le Soleil a lui.

Dans ce moment d'ivreſſe & d'inſolence,
Sans nul objet il court chez Sandoval,
Qui de ſon art pleuroit l'inſuffiſance,
Et s'accuſoit, ſans lui vouloir de mal,
Du vuide affreux qui ſuit la réſiſtance.
Le Fat ſans doute a conçu l'eſpérance
Qu'elle pourra deviner ſon ſecret,
Et qu'il ſaura par un adroit ſilence
Lui dire tout ſans paroître indiſcret.

Dans ſon boudoir il la trouve étendue
Sur un ſopha qu'il a trop reſpecté ;
En le voyant elle paroît émue,
Peint le déſordre, & peint la volupté.
Quelques rubans dénoués avec grace,
Font que ſon ſein s'échappe en liberté ;
Son attitude encourage à l'audace,
Et ſa langueur ajoute à ſa beauté.
Elle a le ſoin d'ordonner à ſa bouche,
Certain ſourire expreſſif, enchanteur,
Aveu muet, qui pénetre, qui touche,
Et parle aux ſens pour mieux parler au cœur.
Alphonſe entend : il croit dans l'occurrence

Qu'il est décent d'annoncer des desirs :
Il se décide, hazarde quelqu'instance ;
On lui répond par de foibles soupirs,
Il va plus loin, il entame l'affaire.
O honte ! ô crime ! ô Burgos qui l'eût dit ?
Au seuil du Temple il demeure interdit...
Et ne sçait plus que penser ni que faire.
On patiente, on se résigne, on rit ;
Rien ne lui fait, son opprobre est écrit.
Chaque transport dégénère en outrage ;
Trois fois en vain il veut surgir au port,
On a compté son troisieme naufrage ;
Et poliment il convient qu'il a tort.
Ce n'étoit pas le moment d'être sage :
Que voulez-vous ? desirs, vigueur, santé,
La jeune Reine avoit tout emporté.

IL disparoît : cette Amante si tendre,
Voit par malheur un peu trop clairement
Que l'on perd tout, quand on veut trop attendre
Qu'il ne faut pas différer à se rendre,
Pour peu qu'on craigne un tel événement,
Et qu'en Amour le plus sûr est de prendre,
Dût-on après filer le sentiment.

BIENTOT Alphonse expiera cette offense.
Henri craint fort, aux dédains, à l'ennui,
Que laisse voir Henriette avec lui,
Que de sa fraude elle n'ait connoissance.
» Oui c'en est fait, le traître aura parlé,
» Dit le Monarque, & tout est révélé.
Plein de l'insulte, il songe à la vengeance.
De faux écrits on nomme Alphonse auteur,
Le Roi qui veut en passer son humeur,
Et s'épargner les frais d'une clémence,
Lâche après lui le grand Inquisiteur.

Dans les cachots en secret on l'entraîne,
Par cents cagots il est apostrophé,
On le condamne, & l'Amant de la Reine
Est prêt d'orner un bel Auto-dafé.

De cette horreur elle se fait instruire,
A force d'or, corrompt le Tribunal,
Soustrait Alphonse au pouvoir monacal,
Le sauve enfin : c'est l'Amour qui l'inspire,
Puis on dira qu'il ne fait que du mal.
Abandonnée à ses douleurs mortelles,
La jeune Reine aime & brûle toujours,
Et dans Burgos elle eut des nuits trop belles
Pour désormais compter sur de beaux jours.

Du fils d'Henri ce que devint le pere,
S'il demeura, s'il dût s'expatrier,
S'il eut le sort malheureux ou prospere,
C'est ce qu'encor je n'ai pû débrouiller,
Mais de ceci l'instruction est claire.
Es chers amis, il ne faut jamais faire
Un Roi cocu, vînt-il vous en prier.

Fin de la deuxieme Partie.

www.ingramcontent.com/pod-product-compliance
Lightning Source LLC
Chambersburg PA
CBHW070848030726
47504CB00005B/1271